Tome 5
L'étrange pays des fées

**Catalogage avant publication de Bibliothèque et
Archives nationales du Québec et Bibliothèque et Archives Canada**

Carrière, Laurence, 1965-
Merlin
Sommaire: t. 5. L'étrange pays des fées.
Pour les jeunes.
ISBN 978-2-89585-068-7 (v. 5)
1. Merlin (Personnage légendaire) – Romans, nouvelles, etc. pour la
jeunesse. I. Titre. II. Titre : L'étrange pays des fées.

PS8605.A776M47 2008   jC843'.6   C2008-941160-9
PS9605.A776M47 2008

Illustration : Carl Pelletier, Polygone Studio

Les Éditeurs réunis bénéficient du soutien financier de la SODEC
et du Programme de crédits d'impôt du gouvernement du Québec.

Nous remercions le Conseil des Arts du Canada
de l'aide accordée à notre programme de publication.

Édition :
LES ÉDITEURS RÉUNIS
www.lesediteursreunis.com

Distribution au Canada :
PROLOGUE
www.prologue.ca

Distribution en Europe :
DNM
www.librairieduquebec.fr

Imprimé au Québec (Canada)

Dépôt légal : 2010
Bibliothèque et Archives nationales du Québec
Bibliothèque nationale du Canada

Laurence Carrière

MERLIN
L'étrange pays des fées

LER
LES ÉDITEURS RÉUNIS

VUE DE LA BRETAGNE

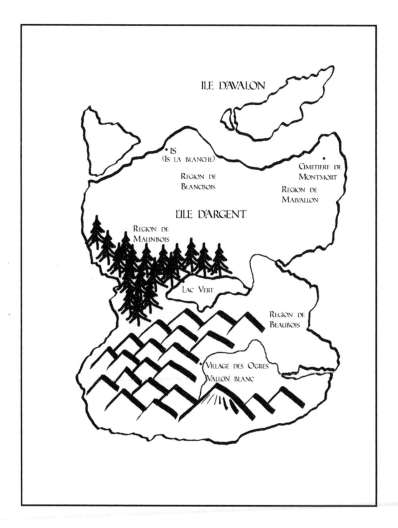

ILE D'AVALON

IS
(IS LA BLANCHE)

CIMETIÈRE DE
MONTMORT

RÉGION DE
BLANCBOIS

RÉGION DE
MALVALLON

L'ÎLE D'ARGENT

RÉGION DE
MALINBOIS

LAC VERT

RÉGION DE
BEAUBOIS

VILLAGE DES OGRES
VALLON BLANC

VUE DU PAYS DES FÉES

PROLOGUE

L'aventure qui suit se déroule dans le royaume légendaire de Bretagne, durant la période qui précède la
chute de l'Empire romain d'Occident. Merlin, les
hommes et la femme qui l'accompagnent doivent
composer cette fois avec les répercussions d'un hiver
très dur : possibilités de pillages et de guerres pour se
procurer des ressources vitales, sans compter l'aide
demandée par les nations alliées. La troupe, escortée
maintenant par deux chevaliers — Galegantin et le
nouveau chevalier Marjean —, se donne pour tâche de
servir les intérêts de la nation bretonne afin d'éviter que
les privations et les difficultés de ce rude hiver n'aient
des conséquences catastrophiques sur le pays. Car
Uther Pendragon voit de plus en plus de dissensions au
sein de la coalition des chefs de clans et des seigneurs
(barons) qui se partagent la Bretagne dans une
mosaïque de petits royaumes sous l'autorité suprême
du Haut-Roi. Les ennemis sont, cette fois, bien de ce
monde : Pictes, Hiberniens et Saxons sont prêts à agir
au moindre signe de faiblesse de la Bretagne.

La troupe de Merlin part donc en mission pour prêter
assistance à leurs alliés romains. Merlin pourra-t-il
empêcher un conflit inutile entre les anciennes nations
alliées de Rome et garantir la sécurité sur le continent
ainsi que sur l'île de Bretagne ? Une série d'aventures
mèneront Merlin, ses compagnons ainsi que leur amie

guerrière Syphelle au royaume des Romains (les Gaules) ainsi qu'au pays des Francs (France). Mais le groupe se rendra aussi à la forteresse de BelleGarde par un passage magique entre les mondes, ainsi que sur la mystérieuse île d'Argent, l'avant-poste occidental du pays des fées.

1

L'hiver avait été plus rigoureux que d'habitude au cours de cette dernière année, et de nombreux foyers avaient souffert de pénurie de nourriture et de combustible pour s'alimenter et réchauffer leur chaumière. Les gens n'avaient pas eu d'autre choix que de se sustenter à même la nourriture réservée à leurs animaux ou que de se nourrir des bêtes elles-mêmes. La neige s'était accumulée en jolies congères à maints endroits, ce qui rendait les déplacements laborieux. Ces amas avaient eu un terrible impact sur les cheptels de bêtes d'élevage qui erraient dans les prés et dans les bois. En effet, les meutes de loups et de chiens sauvages, profitant des proies qui ne pouvaient échapper à leurs attaques meurtrières, avaient commencé à décimer les troupeaux. Merlin savait que cela signifiait que l'année serait également difficile dans le reste de la Bretagne. Et par le passé, de telles années avec un dur hiver avaient aussi connu un été difficile. En effet, s'ensuivraient les maraudes acharnées des Pictes, des Gaëls, des Scotts et Hiberniens ainsi que des Saxons et autres Germains, chacun cherchant à combler les pertes causées par la rude saison.

Les compagnons de Merlin avaient tous passé l'hiver à Cerloise, et le chevalier Galegantin en avait profité pour maintenir ses condisciples en forme en vue de la bataille. Lui aussi était d'avis que l'année allait en être une de conflits. Le grand chevalier aurait voulu se rendre dans ses propres terres pour en préparer et en assurer la défense. Toutefois, les voyages en mer étaient encore plus dangereux que d'habitude cet hiver-là et les capitaines des navires restés dans les océans froids refusaient de prendre le large. La troupe de Merlin s'entraînait donc un jour sur trois, mais elle se voyait presque tous les jours. On y discutait discrètement des difficultés à venir, et tous partageaient la croyance selon laquelle leurs derniers démêlés avec les géants d'Hyperborée y étaient peut-être pour quelque chose dans l'infortune qui ébranlait le pays.

Merlin, le jeune seigneur de Cerloise, avait fait réserver une grande pièce normalement prévue pour la réunion des chefs en été ; les guerriers y avaient rassemblé de longues tables en bois autour du brasier en son centre afin que tous puissent s'y asseoir. Merlin prenait place d'un côté de la salle, et son ami Galegantin, de l'autre côté de celle-ci. Chaque membre y avait ensuite trouvé place et, lentement, une routine s'était installée au sein du groupe, donnant à chacun et à chacune un siège «réservé». Les serviteurs de la maison de Merlin avaient rapidement observé que tous les compagnons avaient trouvé moyen de laisser traîner sur leur siège un objet quelconque leur appartenant, histoire de délimiter leur territoire.

Un jour, alors que la dureté de l'hiver se fit moins omniprésente, le maître druide Teliavres effectua une visite dans la belle bourgade du nord de la Bretagne. Il fit alors une remarque après être passé dans ladite pièce : selon lui, les allégeances de la tablée ne laissaient place à aucun doute. D'un côté, on retrouvait

Merlin le druide et les croyants de la vieille religion ; de l'autre, le chevalier Galegantin et les chrétiens de la troupe.

— Tu vois, Merlin, cette disposition n'est pas celle qui convient le mieux. Tes hommes, sans le savoir et j'en conviens volontiers, cherchent à se mettre en valeur et veulent probablement se trouver dans la meilleure position par rapport à toi ou à ton ami chevalier.

— Vous croyez, maître Teliavres ?

— Je devine que ton fidèle Sybran s'assied d'un côté ou de l'autre de toi ?

— En effet, dit Merlin.

— Et le chevalier Marjean se tient à côté du chevalier Galegantin ?

— Oui, tout à fait, affirma Merlin, étonné.

— Avec Bredon non loin, sinon de l'autre côté du grand « chaudron de fer », continua le savant homme, désignant le colosse par le surnom qu'il utilisait parfois pour parler de ce dernier et de son armure d'acier.

Ce à quoi répondit Merlin :

— Ma foi, mais oui… Et Cormiac prend place de l'autre côté de moi. C'est exactement cela. Mais comment le devinez-vous ?

— C'est tout à fait normal et prévisible, Petit Faucon, tu aurais peut-être avantage à faire comme on fait parmi les druides et à asseoir tes hommes au sol autour du foyer au centre de la pièce.

Teliavres faisait référence au foyer carré qu'on retrouve habituellement au cœur de toutes les constructions celtes, ou encore au milieu d'un grand espace ouvert adjacent ou près du centre, lorsqu'une colonne de soutien occupait cet espace.

— Ne les laisse pas «oublier» d'objets personnels. Change chaque fois de place pour les inciter à faire de même, cela gardera tes hommes plus unis les uns aux autres.

— Je vais y penser sérieusement, maître, montrant ainsi qu'il allait apporter toute la réflexion nécessaire à l'apprentissage de la dernière leçon que le sage druide venait de partager avec lui.

Teliavres avait quitté le confort de sa cabane au creux de la forêt et effectué la courte excursion jusqu'à la forteresse de Cerloise en plein hiver; il tenait à vérifier de lui-même la dernière rumeur qui courait dans le pays. On affirmait en effet que de nombreuses observations de phénomènes surnaturels avaient eu lieu autour de la cité de Cerloise. Merlin avait lui aussi reçu des rapports de ces rumeurs, mais n'avait pas encore eu la chance de les constater de ses propres yeux. Cette visite inattendue du maître druide, le porteur secret du titre de Grand Druide de Bretagne, le rassura et l'enchanta. Son maître avait toujours été un ami digne de confiance et un homme de très bon conseil. Il ne l'avait pas vu souvent depuis qu'il était passé pour lui rendre hommage au début de l'hiver, juste après son retour des contrées africaines. Il voulait lui remettre le fabuleux Ouïg, comme il avait promis de le faire avant la fin de l'automne précédent.

— Comment va ton oiseau ? Je ne l'ai vu nulle part en arrivant près de la bourgade.

— Il est en absence forcée, maître. J'ai eu peur que le froid hivernal n'ait le dessus sur lui. Je l'ai donc envoyé dans les nuées, là où il n'y a jamais de véritable hiver.

Teliavres parut préoccupé en apprenant cette nouvelle, mais, comme à son habitude, il feignit l'indifférence.

— Qu'y a-t-il, maître ?

— Rien de grave, Merlin, rassure-toi. Je ne croyais pas que tu étais capable de franchir le voile des mondes avec autrui, du moins pas sans l'Ouïg…

— C'était la première fois que je le faisais grâce à mon propre pouvoir, maître. Je veux dire, sans qu'un portail n'existe déjà. Je crois que les liens étroits qui nous unissent depuis plusieurs années ont joué en notre faveur. Je doute toutefois que je puisse le faire avec quelqu'un d'autre que Faucon pour le moment.

— Pour le moment ? Tu as l'intention de le faire éventuellement ?

— Euh… Pas particulièrement. Je veux simplement dire que cela m'apparaît peu probable avec un autre.

— Même si tu partageais de puissants liens avec cette personne ? demanda encore le druide.

Merlin fut surpris par la question et y réfléchit un moment.

— Je n'en sais rien… Il y a des jours où je crois que rien ne m'est impossible, et d'autres où j'en suis moins certain.

Merlin n'en disait rien, mais depuis son retour d'Hyperborée, il n'était pas rare que son sommeil soit perturbé par des cauchemars. La fatigue accumulée avait sur lui une emprise plus forte qu'auparavant, et Merlin était mal à l'aise d'en parler à quiconque. Teliavres remarqua dans le ton de son protégé une appréhension et ne poussa pas plus loin la question.

Les deux hommes passèrent ensuite la journée ensemble à écouter, avec les principaux conseillers de Merlin, les récits fantaisistes des observations des habitants du hameau.

Un des premiers cas qu'on rapporta fut celui d'un vieux fermier... Celui-ci était de passage chez des parents dans une maison du village et il racontait avoir vu voler un cochon :

— Je le jure, mon seigneur ! Il flottait lentement dans les airs, à environ la hauteur d'un homme, et couinait de panique. Il s'est ensuite mis à voler de plus en plus vite et il est entré dans une chaumière par la porte d'entrée, qui était ouverte. Au même moment, le malheureux propriétaire sortait pour voir pourquoi une bête criait à pourfendre l'air. J'ai pas à vous dire le fracas qui a suivi ; la pauvre bête, hors d'elle, a tout cassé dans la baraque.

Un autre homme qui l'accompagnait, celui-là même qui avait ouvert la porte de sa chaumière, confirma les dires du premier.

Une femme raconta pour sa part l'histoire de vivres qui disparaissaient de façon mystérieuse. Elle avait d'abord cru au vol par un étranger, par un chapardeur de la ville ou par un mauvais voisin. Mais elle s'était ravisée quand elle avait vu un petit être lumineux prendre un fromage deux fois gros comme lui et l'enfouir rapidement dans un minuscule sac de velours.

— Pas plus gros que la paume d'une main, mon seigneur ! Il m'a alors remarquée et, ensuite, il s'est évaporé dans une pluie d'étincelles lumineuses et dorées.

— Vous n'auriez pas plutôt abusé de cidre ou de cervoise, ma bonne dame ?… interrogea, dubitatif, le gouverneur Paulinus Martinus, l'assistant militaire de Sybran le Rouge.

Ce dernier prenait part, avec Merlin ainsi que le maître Teliavres et le vieux lancier au service du seigneur de Cerloise, à l'audition des doléances des habitants de la bourgade. Sybran prit alors la défense de la femme :

— Mais non, commandant Martinus. Cette femme est ma voisine, je la connais depuis fort longtemps, et j'ai pleine confiance en ses dires, rassurant ainsi Merlin et les autres du sérieux de l'histoire.

— Je vous remercie de votre témoignage. Nous en tiendrons compte dans nos délibérations, conclut Merlin.

— Mais qui va me rembourser le fromage ? s'enquit encore la femme. Vous savez à quel point la nourriture fait défaut cette année !

— Nous ne pouvons vous rendre votre bien avant d'avoir trouvé le coupable ! Dès qu'on aura attrapé le « petit être lumineux », nous le forcerons à vous restituer vos vivres… ajouta Paulinus Martinus sur un ton un peu hautain.

Il voulait ainsi insinuer qu'il était aussi probable qu'elle retrouve son bien qu'eux le mystérieux visiteur. Les autres auditeurs s'échangèrent des regards perplexes, mais ils durent s'avouer impuissants pour le moment et ils n'ajoutèrent rien d'autre.

Ainsi témoignèrent des dizaines de personnes avec des histoires tout aussi étonnantes les unes que les autres. Mais les récits qui revinrent le plus souvent furent ceux entourant ces « petites boules lumineuses » volantes, aperçues une fois la nuit tombée. Certaines entraient même dans les chaumières et les bâtisses attenantes par les trous de cheminée et les entretoits.

Toute la lumière ne fut pas faite, cette journée-là, sur les étranges manifestations. Pour sa part, le maître druide Teliavres quitta Cerloise le lendemain. Il obtint de Merlin la promesse qu'il viendrait le rejoindre toutes les fois qu'il le pourrait à sa cabane près de la clairière des druides, à quelques lieues seulement de Cerloise. Le passage de ce très respecté personnage fut l'occasion d'une certaine effervescence dans le bourg. Plusieurs habitants des environs en avaient profité pour aller saluer le sage homme et assister, complices, au malaise à peine voilé du bon père Eugène qui vouait malgré lui une certaine jalousie au prestigieux druide et guide du sentier lumineux.

— Il faut se méfier de cet homme, seigneur Ambrosium, confia discrètement le père chrétien à son élève Merlin. Il empêche les bonnes âmes de Cerloise de communier avec notre seigneur Dieu.

— Vous croyez ? demanda Merlin, sans conviction. Je croyais qu'il vous laissait les gens de la ville et qu'il se réservait les campagnes et les bois ?

Le prêtre poursuivit sur un ton plus familier.

— Certes, Merlinus, mais tu sais comme moi qu'il garde pour lui la plus grande part des âmes infortunées de cette contrée.

Le père Eugène disait vrai. Car, en effet, la plupart des gens du pays vivaient dans les campagnes qui s'étendaient des palissades du «Château de l'île» jusqu'au mur d'Hadrien. Mais il en était de même dans presque toutes les bourgades de Bretagne ; sauf peut-être au Pays de Galles et à Eburacum, le chef-lieu de la Bretagne, ainsi qu'à Londinium, les deux dernières étant les plus populeuses cités de l'île. Merlin laissa le bon père aux limites de Cerloise et accompagna à pied son ami et professeur Teliavres, avant de le saluer à son tour et retourner sur ses pas vers la forteresse. De nombreuses personnes escorteraient le sage homme pour une bonne partie du chemin.

Étrangement, le redoux qui avait coïncidé avec le passage de maître Teliavres dans la place forte de Merlin, et qui avait donné aux habitants de Cerloise un répit quant aux assauts de l'hiver, se dissipa tout aussi vite qu'il était venu. Le difficile hiver continua durant encore de longs mois.

Quelques jours après la venue de son mentor, Merlin suivit enfin les conseils de maître Teliavres ; il entreprit d'informer le chevalier Galegantin et son bras droit Sybran le Rouge de l'agencement de la salle chaque fois qu'ils se réuniraient. Désormais, les tables seraient retirées à la fin de chaque jour et tous devraient emporter avec eux leur attirail avant de quitter les lieux. Ensuite, Merlin chargea des gens du château de déplacer tout le matériel dans une autre pièce fermée le lendemain des rencontres. Ces nouvelles dispositions eurent l'effet désiré, et les compagnons furent forcés de modifier leurs habitudes. Merlin fit construire de grands fauteuils en bois identiques ; à chaque rencontre, il pria ses camarades de se mettre autour du foyer, au centre de la grande pièce. Chacun pouvait alors prendre place dans l'ordre qu'il méritait, c'est-à-dire suivant le classement obtenu lors des exercices de la journée. Merlin, Galegantin et Sybran avaient quant à eux convenu en secret d'éviter de s'asseoir sur le même siège deux fois de suite. Ainsi, la disposition de la troupe changeait régulièrement, et tous resserrèrent leurs liens un peu plus dans cet étrange mais très agréable jeu.

Il y subsistait pourtant une ombre à ce portrait enchanteur. Au fur et à mesure que les jours passaient, les hommes de la troupe et son unique femme constatèrent que l'humeur de Merlin changeait. Ce dernier s'aperçut à son tour des considérations et des regards échangés entre ses compagnons. Il prit alors les devants avant que la question ne lui vienne du groupe. Lors d'une réunion où il devait être à nouveau question des nouvelles observations de phénomènes inhabituels, Merlin s'adressa à ses camarades :

— Je veux commencer cette discussion en vous faisant part d'un étrange mal qui s'abat sur moi. Depuis que nous avons quitté le domaine du prince d'Hyperborée, lieu de notre dernière aventure, je suis fréquemment en proie à d'étranges rêves ou, plutôt, à des cauchemars. Mais comprenez-moi bien, ce n'est pas ma conscience qui m'afflige de la sorte, mais bien un supplice que je soupçonne être de nature magique.

— Un maléfice ? demanda Galegantin.

Merlin lui confirma d'un signe de la tête. Les compagnons s'échangèrent à nouveau des regards complices et Merlin, voyant cette connivence, continua.

— Alors, suis-je le seul à subir cette persécution surnaturelle ?

2

Le druide à l'apparence ténébreuse se déplaça vers un coin de sa toute petite demeure. Il rangea avec soin le bol de bois taché de sang qu'il tenait précieusement dans ses mains à l'aide d'une peau de cuir dans un grand coffre en bois. Il avait pris l'habitude de briser l'ennui de l'hiver par un rituel qu'il pratiquait une fois tous les trois à cinq jours : il s'appliquait à affliger, dans un mystérieux cérémonial de sang, celui dont le fluide écarlate tachait le gobelet que lui avait remis le grand guerrier saxon Gulfalf au début de l'hiver. La « belette », comme il était communément appelé, avait espéré recevoir une plus grande quantité de sang provenant de Merlin ; il devait maintenant admettre que Gulfalf n'avait pas tué celui qui était responsable de tous ses malheurs.

D'abord, Myrddhin, jeune homme, avait jeté une ombre sur ses plans avec la complicité du roi Vortiger. Ensuite, il avait contribué au revers et à la chute de son ancien souverain. Maintenant pourchassé par les anciens ennemis de Vortiger, le druide noir était forcé de vivre caché. Il avait permis à Gulfalf, et à lui seul, de retrouver la trace du jeune prodige. Il avait appris avec déception la manière dont le Saxon avait rempli sa mission et payé son dû. Il avait certes rapporté le sang de Myrddhin, mais pas assez pour lui permettre de lancer de puissantes incantations contre ce dernier. Il lui restait la possibilité de tourmenter le jeune druide dans ses rêves ; un sort qui avait peu d'impact sur la petite réserve de sang séché. Mais il avait espoir que le sang de Myrddhin lui permettrait de découvrir une importante révélation sur son ennemi juré : son nom secret ! Il était en effet coutume chez les Celtes de nommer un enfant d'un nom secret et ensuite de lui donner un nom commun connu de tous. Celui qui connaissait le nom secret d'une personne, et qui était prêt à prendre d'énormes risques, pouvait l'utiliser pour faire subir mille supplices à sa victime et même le forcer à commettre toutes sortes d'actes. Comme la « belette » connaissait le nom commun de Myrddhin, il comptait bien profiter de ce savoir et du reste de l'hiver pour parvenir à ses fins.

Pendant ce temps à Cerloise, le temps passait et les signes du printemps commençaient enfin à se faire voir. Merlin savait maintenant qu'il n'était pas le seul de ses compagnons à subir l'invasion de tourments dans ses rêves. Mais ses recherches et ses questions révélèrent une grande différence entre leurs rêves et les siens. Si quelques-uns de ses compagnons semblaient eux aussi faire d'étranges songes ayant comme sujet le prince surnaturel du pays magique d'Hyperborée, seul Merlin avait des cauchemars impliquant les siens : régulièrement, il voyait sa mère, son père adoptif ou encore ses amis mourir dans des attaques de monstres imaginaires ou de bêtes géantes. Merlin comprenait que ses rêves n'étaient pas des visions de l'avenir, car il était entouré tous les jours de ses amis. Aussi, son père était mort en bataille, et non sous les coups d'un sanglier gigantesque. Et sa mère, toujours en Petite Bretagne, ou chez les druides de la forêt des Carnutes, était bel et bien vivante, selon les dires des messagers de Teliavres. Non, Merlin en était persuadé, la vérité se trouvait ailleurs. Pour le moment, il cherchait à découvrir la raison des phénomènes mystérieux à Cerloise. Il s'était également engagé à pallier les misères des habitants du bourg en organisant de grandes chasses aux phoques et à la baleine dans la mer d'Hibernie.

Galegantin annonça enfin que, le temps le permettant, il partait pour Rocedon afin de rassurer ses sujets. Mais avant de s'en aller, il avait une demande à faire à son chef :

— Merlin, tu n'es pas sans savoir que j'observe les agissements des hommes depuis quelques années et qu'il est temps pour moi de choisir un nouvel écuyer.

— En effet, Galegantin, tu m'as judicieusement préparé en me donnant de nombreux indices.

Le géant fut surpris par les paroles de Merlin, lui qui avait agi avec, le croyait-il, la plus grande finesse.

— Oui, bon… Je veux que tu acceptes de laisser Bredon venir avec moi pour qu'il me serve de nouvel écuyer. J'en ai parlé avec Marjean et il est d'accord avec mon choix.

Merlin esquissa un sourire : Bredon du Mur était lui-même descendant d'un officier des troupes assurant la défense du mur d'Hadrien, cette formidable palissade au nord de la Bretagne. Il avait servi Aurèle Ambrosium sous les armes durant sa vie d'adulte et maintenant il servait Merlin. Il méritait ce grand honneur. Galegantin continua :

— Cela te laisse malheureusement avec Cormiac…

La moue du chevalier cachait mal l'opinion qu'il se faisait de l'homme.

— Il est compétent, mais…

Merlin le coupa.

— Il sera tout à fait à sa place à la tête de mes hommes.

Galegantin comprit qu'il était mieux pour lui de ne pas en dire plus. Il était conscient que Cormiac le Fort remplirait très bien la charge ; après tout, son jugement était teinté par les grandes divergences de points de vue qu'il avait avec Cormiac. Rien de plus.

Galegantin partit donc quelques jours plus tard et Bredon, fier comme un coq, fit ses adieux à ses compagnons et amis de Cerloise.

— Nous nous reverrons bientôt, dit Merlin, pour l'encourager. Rendez-vous chez Uther, mes amis, ajouta-t-il, lui qui avait donné un beau cheval à Bredon pour célébrer sa promotion en tant qu'écuyer.

Galegantin et lui avaient convenu de se retrouver chez le Haut-Roi dès que le temps le permettrait. Le seigneur de Cerloise avait décidé lui aussi de partir incessamment et de se rendre auprès d'Uther Pendragon pour s'informer en personne de ses volontés pour l'année qui commençait. Il avait fait envoyer des messagers au nord et à l'est pour en apprendre davantage sur les intentions de ses voisins, et il avait fait préparer ses hommes et parvenir des vivres à tous ceux qui prenaient de l'avance sur le service militaire estival et qui se préparaient aux attaques dès ce printemps. Sybran avait assumé un plus grand rôle dans les affaires courantes de la bourgade et s'était entendu avec le gouverneur Paulinus Martinus pour que Merlin puisse partir dès qu'il le jugerait nécessaire. Cormiac exerça sa nouvelle charge à contrecœur, lui qui savait qu'il y perdrait un peu de sa liberté, ce qu'il affectionnait par-dessus tout. Mais il était flatté d'être chargé de diriger les hommes à son tour. Après le preux Sybran et l'admirable Bredon, quel honneur pour lui !

C'est pendant ces bouleversements de préparatifs de départ que Merlin observa lui-même son premier cas manifeste de phénomène surnaturel.

Alors qu'il se rendait aux écuries de la forteresse pour y faire avancer les travaux de nettoyage du printemps, il surprit un petit être fée qui murmurait quelque chose à l'oreille d'un cheval. Merlin s'approcha et le tout petit homme d'au plus trois pieds romains se retourna pour voir celui qui venait vers lui. Le lutin prononça instantanément une formule qui le rendrait invisible, mais c'était sans compter sur les pouvoirs de Merlin. Ce dernier contra aussitôt l'effet du sort en enveloppant l'être fée d'une épaisse couche de poussière au moyen de la terre et de la paille qu'il trouva sur son passage. Les contours du lutin furent visibles à nouveau. Il s'empressa de fuir, mais Merlin le prit en chasse. La course qui s'ensuivit poussa le druide à se dépasser, le petit lutin s'éclipsant d'abord dans un tas de foin puis par-dessus des tonneaux, des pièces d'équipement, et enfin disparaissant dans un petit orifice, entre deux planches de bois. Merlin se transforma alors en furet et continua sa poursuite de plus belle. De cabane en cabane, d'écueil en écueil, Merlin-furet rattrapa son compagnon qui fuyait et réussit à le suivre dans un coin, où il le menaça de lui mordre le nez. Il reprit de nouveau sa forme normale et demanda en langue bretonne au lutin :

— Qui es-tu et que fais-tu ici ?

Le petit être feignit la bonne humeur et, semblant reconnaître tout d'un coup le seigneur de Cerloise, le salua bien bas.

— Ah ! C'est vous, maître Myrddhin ! Comment allez-vous en cette belle journée ? se confondit-il, maladroit, en politesses. Je suis Galnion de Be... heu... du... De Beaubois pour vous servir !

Merlin l'observa pendant un moment. D'un geste rituel, il leva une partie de la poussière sur lui et, sans vraiment le vouloir, les effets du sort d'occultation du lutin.

— Vous semblez bien me connaître. Mais dites-moi donc ce que vous faisiez avec le cheval là-bas ?

Le lutin parut décontenancé par la question de Merlin et il chercha à expliquer ce que lui et ses « amis » avaient fait durant les froids mois de l'hiver à Cerloise. Apparemment, un mystérieux personnage avait chargé Galnion et ses acolytes d'observer les habitudes de certaines personnes du bourg. Après plusieurs questions posées au farfadet, Merlin apprit que les personnes visées par l'enquête étaient en fait ses compagnons d'armes et il comprit vite qui était derrière ce plan.

Les neiges accumulées disparaissant çà et là, Merlin quitta Cerloise seul un beau matin. Il se rendit près d'un ruisseau au lent débit, gonflé par la fonte des glaces. Il évoqua un « miroir des fées » et tenta de rejoindre sa douce Ninianne. Comme il l'anticipait toutefois, la belle ondine-fée n'était pas disponible à cet instant précis. Après tout, le temps dans le domaine du Lac et celui des hommes était très différent. Merlin s'installa donc en un endroit sec pour se prélasser et rêvasser à ce que le futur allait lui apporter... Il ne souffrait pas du froid, pas depuis qu'il avait reçu la marque de Blaal quelques années plus tôt dans le domaine des ombres. Il ressentait seulement un rafraîchissement léger.

Le temps s'écoula lentement, mais le jeune homme en perdit vite le cours. Petit à petit, une vision troublante prit forme dans son esprit. De grandes vagues se succédaient sur la mer. Le dessus des flots se gonflait, comme lors des journées de grand vent, ou juste avant une grosse tempête. Le ressac des ondulations de la mer prenait de l'ampleur, et les vagues avançaient de plus en plus loin sur la plage. À la fin, les flots envahissaient les terres et, progressivement, tout était enseveli par les eaux... Merlin émergea de son songe et trouva Ninianne à ses côtés. Le visage de la reine du Lac s'adoucit en croisant le regard de son bien-aimé et Merlin se releva rapidement pour embrasser sa douce. Ils échangèrent sur les mois passés et Merlin put vérifier si ses impressions concernant le rôle des « visiteurs fées » étaient fondées.

— Tu as vu juste, Myrddhin, lui avoua Ninianne. Il s'agit bien d'agents que mon père a envoyés pour observer tes amis. Il souhaitait en savoir plus sur leurs désirs afin de mieux les récompenser pour le grand service qu'ils nous ont rendu. À ce sujet, vous êtes attendus à la forteresse de BelleGarde...

Merlin en prit bonne note, mais il poursuivit :

— Ton père devait-il absolument agir dans l'ombre ?

— Non, mais je crois qu'il désirait surprendre tes amis, et toi aussi par la même occasion. À la lumière de ce que tu m'as raconté plus tôt, les gens de Cerloise semblent avoir été complètement mystifiés.

Et son rire magnifique remplit l'air autour d'eux. Merlin ne put s'empêcher de s'élancer vers Ninianne pour la couvrir de baisers. Un peu plus tard, il retourna à Cerloise avec sa belle.

Ninianne passa le jour et la nuit à Cerloise. Toutefois, elle devait partir le lendemain pour s'occuper des choses de son royaume ainsi que de son petit Lancelot, son fils adoptif recueilli après la mort de ses parents naturels. Merlin promit de la retrouver bientôt et la salua tendrement. Elle disparut alors dans la frange visible d'un rayon de soleil qui entrait dans la grande salle de la forteresse par une haute et mince fenêtre, lui rappelant aussitôt le souvenir de leurs premières rencontres.

Après les préparatifs d'usage, Merlin et la troupe — moins Galegantin, Bredon ainsi que Sybran le Rouge, ce dernier restant à Cerloise pour assurer, avec le gouverneur Paulinus Martinus, la défense des pays du Nord — prirent la route vers le domaine du roi, dans le pays de Gore. Le sentier était difficile. Mais une fois les routes romaines atteintes à partir de Deva, et après une petite visite chez le père de Galegantin, le roi Trandelmant de Norgalles dont la capitale se trouvait justement à Deva, le bataillon poursuivit son chemin vers la capitale du Haut-Roi Uther : le camp de

Camelot. En arrivant au pays de Gore, les hommes se rappelèrent aussitôt la raison du nom populaire de cette région de douces collines. En effet, on y élevait partout le cochon comme dans les Gaules, ce qui était très différent des habituels troupeaux de bœufs et de moutons du reste de la Bretagne. À l'évidence, les porcs avaient moins souffert que les autres bêtes du rude hiver; leur odeur particulièrement forte, concentrée en raison de la saison froide, enveloppait toutes les régions habitées, ce que redécouvrait le groupe dès qu'il atteignait un établissement humain.

Quand la troupe arriva enfin près de Camelot – un camp militaire fortifié en pleine expansion sur le sommet d'une imposante colline –, ses rangs avaient déjà été gonflés par les nombreux cavaliers d'Uther qui s'étaient joints à eux.

Le roi Uther, fringant comme toujours, se rendit lui-même à cheval rejoindre Merlin et les siens avant qu'ils n'atteignent sa forteresse. Il les accueillit et leur offrit un beau banquet. Syphelle avait tant entendu parler de l'hospitalité d'Uther par les autres hommes de la troupe qu'elle attendait ce moment depuis longtemps. Mais personne n'avait cru bon de lui révéler que Merlin était le seul neveu du Haut-Roi, ce qui surprit la jeune guerrière quand on l'en informa enfin. Pour sa part, le monarque remarqua la femme à l'allure scandinave qui marchait avec la troupe:

— C'est elle, Merlin? lança-t-il, taquin. Est-ce la belle Ninianne dont tout le monde parle?

Syphelle se sentit gênée, elle qui avait vu la ravissante jeune femme lors de son dernier passage à

Cerloise. Comment le roi pouvait-il penser qu'elle était la superbe Ninianne ?

— Soyez sérieux, mon oncle, dit Merlin, comprenant la blague mais pas les intentions d'Uther Pendragon.

Ce dernier s'approcha de Merlin pour lui chuchoter tout bas :

— Il est impératif de rappeler aux femmes qu'elles sont belles et appréciées, même si celle-ci porte les armes et se jette devant toi dans la bataille. C'est aussi essentiel que de dire à tes hommes qu'ils sont forts et débrouillards ; c'est le pain et le beurre des rapports humains. Puis il continua à haute voix :

— Mais non, mais non, je sais… il s'agit de Syphelle des Hautes-Îles, la guerrière du Nord, l'amazone dont mes agents me parlent tant.

À ces mots, Syphelle leva le front de fierté : le Haut-Roi de toute la Bretagne connaissait son nom !

Merlin et son oncle poursuivirent leurs échanges pendant un bref moment et la discussion s'engagea sur les dangers des guerres à venir. Uther exposa la situation de l'ensemble du pays et expliqua à Merlin qu'il avait songé à un rôle spécial pour lui : il désirait lui confier la protection de son jeune fils qui ne quittait plus jamais Tintagel.

— Dès que toi et les tiens serez remis de votre voyage jusqu'ici, je vous demanderai de vous rendre prestement à Tintagel. Je sais que je ne peux l'exiger de toi, Merlin, mais tous les hommes ici sont soumis à ma volonté et je suis certain que tu les accompagneras.

Donaguy et Jeanbeau se levèrent aussitôt pour montrer qu'ils étaient prêts à accomplir la volonté de leur seigneur. Uther en fut satisfait et amusé. Il leur envoya un clin d'œil et se tourna vers son neveu. Merlin poussa un profond soupir et Uther continua :

— Qu'en dis-tu, chevalier Marjean ? Tu es prêt à servir ton roi ?

Marjean se dressa à son tour. Mais avant qu'il ne réponde, Merlin prit la parole :

— Vous n'êtes pas sans savoir, mon oncle, que le chevalier Marjean est au service de Cerloise…

Merlin l'apprenait à Uther, mais aussi à Marjean.

— Mmm ? commenta le roi. J'ai décidé de lui donner un domaine près du « Caer de l'Île » et de le faire chevalier protecteur de la bourgade.

Marjean camoufla mal sa joie. Merlin se demandait si c'était parce que le roi l'avait choisi comme chevalier pour défendre sa chère Cerloise ou parce que celle-ci abritait la femme qui avait depuis quelque temps conquis son cœur : la belle Anise. Uther se contenta de rire et leva le verre à la bonne fortune du nouveau chevalier.

Quelques jours plus tard, les compagnons quittèrent Camelot, bien ravitaillés et prêts à reprendre la route. Ils parcoururent le pays sans embûches jusqu'à la croisée qui donnait vers Tintagel. Marjean indiquait déjà le chemin à prendre quand Merlin arrêta leur progression :

— Vers l'ouest, Marjean, plutôt vers Moridunum, au Pays de Galles.

— Mais… N'allons-nous pas à Tintagel, Merlin?

— Nous avons des ordres? s'enquit à son tour Donaguy.

— Oui, mais d'abord nous nous rendrons sur les collines de Moridunum. Nous y sommes attendus par le seigneur Rivanorr de BelleGarde!

3

Merlin et ses compagnons voyagèrent agréablement sur les routes romaines, en passant par l'ancien fort romain de Caerleon. Ensuite, ils s'engagèrent sur les chemins qui menaient à la ville de Caerdydd, aussi appelée Cardiff, chef-lieu principal du Pays de Galles. Par ces mêmes chemins, ils se rendirent jusqu'à l'estuaire de la rivière Towi pour rejoindre, un peu plus au nord, la bourgade fortifiée de Moridunum. Merlin montrait des signes d'excitation en atteignant la petite ville forte, car il était impatient de retrouver la famille de son oncle, le seigneur Mendas. En arrivant à proximité de Moridunum, le chevalier Marjean expliqua aux hommes et à la femme du groupe :

— Voyez la tour là-haut, c'est la demeure de Merlin en ce pays. Elle lui a été offerte par son oncle, le roi de Démétie, lors de notre dernier passage ici.

Merlin fut légèrement gêné des confidences de son chevalier et il indiqua à ses amis de prendre la direction de la tour. Une fois au pied de l'édifice, Merlin constata que des travaux de réfection avaient déjà commencé. La porte fortifiée qui donnait accès à l'intérieur de la tour était bloquée. Merlin, qui avait confié sa monture à Cormiac, s'en approcha. Il plaça une main contre le pan de bois et de bronze de la grande

porte et entra en concentration. Son pouvoir de clairvoyance, grâce auquel il percevait les choses proches ou
éloignées, même en l'absence de lumière, lui permit de
« voir » ce qui se trouvait derrière cet accès. Il put
constater que celui-ci avait été volontairement obstrué
de l'intérieur. Il entreprit donc de le débloquer en
tentant de retirer une grosse poutre qui maintenait la
porte fermée. Merlin avait vu en songe que son père
naturel Malteus avait la faculté de déplacer les objets ;
le jeune druide avait cherché au fond de lui pour voir
s'il possédait lui aussi ce pouvoir. En effet, il l'avait
depuis peu décelé, pendant une de ses nombreuses
sessions de concentration en transe druidique. Mais le
défi s'avérait grand, car la poutre était lourde et large.
Les compagnons le virent éprouver une réelle difficulté, mais après un bref moment d'effort, un bruit
sourd se fit entendre contre le sol de terre battue et
Merlin entra à l'intérieur de la tour.

Les travaux pour y réparer la pierre n'avaient pas
encore débuté, mais tous ceux relatifs aux pièces en
bois étaient terminés. Même le toit et l'escalier d'accès
au sommet de la tour avaient été complétés avec un
soin remarquable. Merlin fit signe à Marjean de le
rejoindre. Ce dernier se retourna à son tour vers
Cormiac pour lui signifier d'organiser le campement.
Rapidement, les hommes et Syphelle étaient installés ;
on avait déjà allumé un petit feu dans le foyer au
centre de la pièce principale, au bas de la tour. Dans
peu de temps, le groupe serait bien au chaud.

Un peu plus tard, un cri d'alarme sonna.

— Merlin ! On vient ! cria Jeanbeau, qui assurait la
garde extérieure des montures et du chariot de voyage.

Les compagnons sortirent au dehors en flèche et Merlin reconnut le grand homme en armure qui s'approchait à cheval, accompagné d'un autre cavalier.

— Galegantin! Bredon! lança le chevalier Marjean, alors que Merlin les saluait d'un grand geste. Les autres en firent autant, même Cormiac. Tous furent heureux de se retrouver, à peine deux semaines après leur séparation.

— Ah, quelle joie, Merlin! s'exclama Galegantin. J'ai reçu la visite d'un messager du seigneur Rivanorr qui m'a demandé de te rejoindre ici.

— Et moi qui croyais plutôt que c'était ma cousine Émelionne qui t'avait amené jusqu'ici.

— Mmmfff! grogna simplement le colosse, visiblement embarrassé.

Mais l'information était divulguée:

— Émelionne? reprit Cormiac. Il y a donc un cœur dans cette armure de métal!

Cormiac savourait l'occasion de barber son compagnon chevalier, qui lui reprochait toujours de s'intéresser plus aux choses de l'amour qu'à celles du devoir. Marjean ajouta un avertissement amusé:

— Laisse tomber, Cormiac, ce serait mieux pour toi...

Mais les quolibets des autres compagnons eurent raison de la menace peu convaincante. Après peu, Merlin et Marjean se rendirent dans la bourgade, accompagnés de Galegantin et Bredon. Merlin retrouva avec plaisir ses oncle, tante, cousins et cousines.

Il passa quelques jours à Moridunum avec les membres de sa famille; ce fut pour lui l'occasion de renouer avec ceux-ci et de développer de nouveaux liens avec eux. Mais il dut informer son oncle, le seigneur Mendas, de ce qui l'avait conduit dans son village — en évitant de tout lui révéler, toutefois.

— Je croyais que tu étais venu exprès pour nous voir, Myrddhin, reste encore un peu... Je ne peux pas comprendre pourquoi tu désires te rendre avec tes compagnons dans les hauteurs des collines bleues de Preseli. C'est un lieu damné et proscrit, mon neveu.

Merlin, montrant un calme imperturbable, répondit:

— Ne vous en faites pas pour nous, mon oncle, nous serons de retour dans quelques jours seulement.

Le bon roi de Démétie comprit qu'il ne réussirait pas à dissuader la troupe et lui offrit les services d'un guide pour lui indiquer le chemin. Merlin, qui ne pouvait pas vraiment refuser, accepta gracieusement. Le groupe attendit le lendemain pour quitter Moridunum et la tour de Merlin, et prit la direction de l'ouest, dans les belles forêts aux arbres majestueux de ce coin de pays. Leur guide, un certain Keeran, un jeune homme d'à peine quinze ans, connaissait bien la route. Merlin, comme tous les druides, aimait bien la présence des chênes massifs de cette région. Il fut attristé quand le groupe atteignit, à la fin du jour, les pierres désolantes des collines bleues. Le guide annonça qu'il les attendrait avec les bêtes à cet endroit même, et qu'il n'irait pas plus loin. Merlin prit le devant de la colonne de guerriers et gravit le chemin qui les conduirait à la forteresse de BelleGarde. Après plusieurs heures d'ascension, les compagnons installèrent un campement pour la nuit.

— N'aurait-il pas été plus judicieux, Merlin, de dresser le camp dans le bois et d'attendre l'aube pour commencer la montée? demanda Bredon, toujours habitué à agir comme sergent de la troupe.

Merlin et les chevaliers échangèrent des sourires discrets.

— Non, écuyer Bredon, répondit Merlin. Les indications que j'ai reçues de Ninianne montrent que la forteresse ne sera visible qu'au lever du jour. Il aurait été impossible de grimper jusqu'ici à temps.

— Maintenant, dormez! ordonna Cormiac, moqueur. Je ferai le premier tour de garde.

Son seigneur acquiesça et alla se coucher pour montrer l'exemple aux autres. Mais le sommeil ne lui vint pas tout de suite.

Les cauchemars habituels avaient rendez-vous avec Merlin ce soir-là. Il avait enfin réussi à faire abstraction des bruits de ses compagnons et à éloigner les mauvaises pensées qu'inspirait ce lieu réputé pour abriter des fantômes et des morts. Mais au moment où ses rêves atteignaient leur paroxysme, la mystérieuse présence d'un personnage familier fit sa première apparition dans l'esprit du jeune homme. Merlin ne le reconnut pas d'abord, mais, après peu de temps, il se rappela les traits de son père naturel. Le ténébreux Malteus marmonnait des paroles inaudibles et Merlin ne pouvait en comprendre le sens. Tout ce qui semblait rester perceptible au jeune druide était un indistinct :

— Rrr… ys…

Et, soudain, Merlin fut réveillé par une main qui s'était déposée sur son bras. Il sauta sur ses jambes et demanda :

— Que se passe-t-il ?

— Vois toi-même, lui répondit Galegantin, qui avait assuré le dernier tour de garde.

Merlin tourna les yeux vers le levant et aperçut les premiers rayons du soleil. Chacun rassemblait ses affaires. En peu de temps, les compagnons étaient réunis en grappe, prêts à suivre la prochaine consigne de leur chef.

— Maintenant, quoi ? s'enquit Galegantin.

— Maintenant, on attend… répondit Merlin, sans conviction.

La douce lueur orangée du matin s'épaississait et le spectacle observé des hauteurs offrait une expérience inédite aux compagnons. Soudain, une voix s'éleva parmi la troupe :

— C'est beau, n'est-ce pas ? laissa échapper Cormiac, à demi endormi.

Galegantin commençait déjà à grogner d'impatience, tandis que les autres regardaient le ciel, amusés. Puis une autre voix se fit entendre à son tour :

— Oui… C'est très beau, dit simplement Syphelle en réponse à Cormiac.

Les compagnons, surpris par la réponse de Syphelle, habituellement peu loquace, tournèrent leurs regards vers l'aube naissante. C'est alors que Cormiac entonna le début d'un chant en hommage au soleil qui perçait l'horizon. Les autres se joignirent à son chant, sauf Galegantin, qui trouvait la chose en dessous de sa condition de chevalier, et Merlin, qui pensait à Ninianne.

Alors que l'astre décollait du sol, un impressionnant massif rocheux apparut de nulle part au loin. Accroché sur un de ses côtés comme s'il flottait par lui-même dans les airs, jaillit le majestueux château fée de Rivanorr.

— Voyez! lança Merlin, en pointant l'imposante vision en direction du midi. La forteresse de BelleGarde!

Une fois le château surnaturel entièrement stable, Merlin ouvra la marche pour franchir la grande distance qui les séparait de la place forte. Le terrain rocheux rendait la randonnée difficile et les compagnons se rendirent compte à quel point leur ascension de la veille avait été périlleuse.

Tout semblait aller pour le mieux lorsque Donaguy cria :

— Aux armes!

Les réflexes de combat s'emparèrent des compagnons qui prirent aussitôt leur position défensive. Ce geste était ancré dans l'habitude des guerriers à force de l'avoir si souvent répété, alors que les épées des chevaliers tintaient familièrement au sortir des fourreaux.

— Là ! désigna simplement d'un geste le chevalier Marjean, du même côté que son compatriote qui avait sonné l'alarme.

Tous se tournèrent vers l'endroit indiqué par Marjean ; on pouvait à peine y apercevoir des silhouettes indistinctes s'avançant vers la troupe. Ni les armes portées par certains d'entre eux ni ce qui pouvait être considéré comme des vêtements ne permettaient de reconnaître l'origine des attaquants : des Saxons errants, des pirates scotts ou gaëls, ou des hommes sauvages des collines, un peuple légendaire composé des déchets de la société humaine. Galegantin évalua rapidement les adversaires et déjà il commanda son épée « Durfer » de manière menaçante.

— Ils sont un peu plus d'une vingtaine, mais qu'importe... À l'attaque !

Pendant qu'il s'élançait à pied devant les autres chevaliers pour diriger l'assaut, le bataillon observa un inquiétant phénomène : d'autres formes surgirent encore de nulle part derrière les rangs des adversaires. D'abord estimé à vingt, le nombre des assaillants gonflait sans cesse, si bien que quarante, quatre-vingts et bientôt plus de cent d'entre eux marchaient désormais sur la troupe. Galegantin arrêta sa course en lâchant un lourd sifflement d'appréhension. Après un moment, il se retourna vers ses compagnons tout aussi hésitants et leur ordonna en gesticulant :

— Arrière! Courez vers BelleGarde. Je vais les retenir!

Marjean se lança aussitôt devant, à ses côtés.

— *Nous* allons les retenir… Allez, partez!

Les compagnons comprenaient la gravité de leur situation, mais hésitaient encore à obéir aux deux chevaliers. Ils regardèrent Merlin pour confirmer l'ordre, tout en serrant un peu plus leurs armes au cas où il choisirait plutôt l'attaque. Mais l'attitude de Merlin ne leur insuffla aucun courage. Ils braquèrent de nouveau leur regard vers les adversaires pour saisir ce qui troublait le visage du jeune druide. Et là, devant eux, les formes qui étaient floues quelques instants plus tôt devinrent plus visibles. C'est avec effroi que les compagnons découvrirent qu'il ne s'agissait pas d'êtres ordinaires. En fait, il s'agissait de guerriers morts au milieu desquels on pouvait apercevoir quelques créatures à l'apparence démoniaque. Un grand frisson parcourut chaque membre de la troupe, et certains sentirent leurs genoux faiblir; car si le courage breton était maintenant connu de tous les peuples de la terre, une seule chose les terrorisait: les morts! Et voilà que devant eux se levait non pas quelques macchabées, mais bien la légendaire armée des morts des Terres du Dessous. Car la centaine d'adversaires était mainte-nant devenue millier. Merlin reprit ses esprits le premier et observa la scène attentivement: il remarqua que les morts étaient tous postés dans l'ombre de la forteresse de BelleGarde par rapport au soleil sur leur gauche, et il cria l'ordre à ses hommes de changer de position.

— Compagnons! lança-t-il, en y ajoutant un peu de son autorité en tant que druide pour augmenter l'emprise sur ses amis.

— Tous dans la lumière des rayons solaires! Ils ne s'aventurent pas dans la clarté du jour.

Les guerriers se déplacèrent vite pour passer dans la zone baignée de soleil.

— Galegantin! Marjean! Vous aussi!

Les deux chevaliers reculèrent, coude à coude, avec Merlin et Bredon qui étaient restés eux aussi à leur position originale. Les compagnons de la troupe prirent place ensemble dans la brillante luminosité du disque solaire, à environ un jet de flèche de la masse de guerriers morts qui semblaient, pour leur part, confinés dans l'ombre. La peur initiale laissait maintenant place au dégoût, alors que les corps partiellement décomposés ou désarticulés révélaient le sort horrible des âmes perdues.

— Continuons notre avancée vers le château, ordonna Merlin, bien en contrôle sur lui-même.

Les amis pouvaient voir l'entrée de la forteresse qui s'ouvrait devant eux dans la région illuminée par les rayons du soleil. Et devant elle, des guerriers de BelleGarde qui leur faisaient signe d'accélérer le pas et de venir les rejoindre. Il n'en fallait pas plus pour que les compagnons adoptent le pas de course. En peu de temps, ils arrivèrent à l'entrée de la forteresse où un imposant guerrier elfe en armure d'arjenle ouvragée leur dit dans un authentique breton:

— Bienvenue, compagnons bretons, le seigneur Rivanorr vous attend.

Et il les somma d'entrer et de monter vers les hauteurs du château fée. Merlin marqua le pas et chacun le suivit, excepté Galegantin, qui s'arrêta près de l'elfe au port altier, vraisemblablement capitaine des autres. Le chevalier jeta un long regard de mépris vers le tourbillon de morts un peu plus loin et, se retournant vers son audacieux portier, le salua en levant son épée «à la romaine», haute devant lui. Il la rengaina ensuite et rejoignit d'un pas rapide ses compagnons dans le château.

4

Une fois à l'intérieur de la remarquable forteresse, les hommes d'armes furent conduits sur un grand balcon extérieur où les attendait le seigneur Lac.

— Soyez les bienvenus à BelleGarde, mes amis !

Puis, le seigneur fée se retourna pour observer la scène qui se déroulait au bas de la tour. De ce point de vue imprenable, les compagnons pouvaient voir un petit groupe d'elfes en armure de métal bleu-gris faire face à un ensemble de guerriers morts, qui avaient profité de la pénombre à proximité de la paroi rocheuse pour s'approcher du portail. Les puissants lance-faux des elfes, avec leur fer recourbé vers l'intérieur, taillaient en pièces tous ceux qui s'avançaient jusqu'à leur position. Le son profond d'une corne de bataille résonna. Lentement, la colonne de soldats elfes se retira, disciplinée, vers la porte d'entrée ; devant celle-ci se trouvaient deux femmes elfes, portant chacune une longue robe aux couleurs vives, qui venaient tout juste de placer à même le sol une sphère lumineuse orangée de la taille d'un nid d'abeilles. Le capitaine des gardes, aperçu un peu plus tôt, donna enfin l'ordre d'entrer. Les femmes pénétrèrent d'un pas hâtif dans la forteresse, suivies des guerriers. Alors que le capitaine allait s'y engouffrer à son tour, un guerrier morbide sorti d'on ne sait où se jeta sur lui. Galegantin, à demi dans le vide au-dessus de la balustrade d'airain du balcon du château fée, cria d'une voix de stentor :

— Prenez garde, messire !

Trop tard, la charge du guerrier maudit forçait le malheureux à mettre un genou au sol pour ne pas tomber. Le guerrier, fou de rage, martelait furieusement le pauvre elfe, mais son armure semblait tenir bon face aux coups de son assaillant. Le capitaine saisit prestement la garde de son épée et, de l'autre main, il empoigna la jambe de son attaquant. D'un geste brusque et fort, l'elfe souleva son adversaire et le projeta plus loin, lui brisant net l'os de la jambe : une partie de celle-ci resta dans son gant de métal semi-luisant. Le capitaine se releva avec agilité et dégaina sa lame courbe dans un arc foudroyant qui s'abattit sur son attaquant, le réduisant en pièces. L'elfe se retourna alors lentement vers les observateurs postés sur le grand balcon et leva son épée comme l'avait fait le chevalier un peu plus tôt en guise de salut. Galegantin cria sa joie et le salua d'un grand geste de la main. Le capitaine jeta un ultime regard autour de lui et tourna enfin les talons pour s'engager à son tour dans la barbacane. Lorsqu'il fut entré, une épaisse porte de pierre se matérialisa et bloqua complètement l'accès au château fée.

Le seigneur Lac fit signe à un de ses sujets derrière lui ; la montagne rocheuse, ainsi que la forteresse attachée à celle-ci, sembla pivoter légèrement. Les Bretons et leur compagne des Hautes-Îles virent alors une cohorte de l'armée des morts se ruer vers le portail et la sphère lumineuse à son entrée.

— Voyez, mes amis, la horde des morts qui veille perpétuellement sur la «frange de Preseli».

— La frange? interrogea Merlin.

— C'est le nom que l'on donne à la faille qui s'étend de ces lieux jusqu'à la cité de Cardiff. Il s'agit d'une grande faille dans le tissu des mondes et qui, à l'occasion, laisse passer des êtres qui ne devraient pas s'y trouver.

Merlin connaissait les nombreux récits qui couraient sur le sujet dans les cercles supérieurs des rangs druidiques et qui étaient à l'origine des rumeurs sur les dangers des collines de Preseli. Il réfléchit et demanda :

— Et BelleGarde a un rôle à jouer dans les lieux de passage entre les mondes?

— Vous êtes très perspicace, seigneur Ambrosium, répondit le père de Ninianne. Oui, en effet, les guerriers de BelleGarde ont pour charge de défendre l'entrée des nuées, celle de l'île d'Argent, ainsi que les franges «d'Argoat», et celle de «Preseli» contre les envahisseurs des autres mondes.

— Il y a donc une autre de ces franges en Petite Bretagne? questionna Merlin, car on désignait par «Argoat» la partie boisée de la Petite Bretagne, par opposition à «Armor», sa côte maritime.

Le seigneur Lac confirma d'un oui de la tête. Les compagnons échangèrent des regards entre eux, et un immense respect envers les guerriers elfes de BelleGarde s'empara de la troupe bretonne. Le seigneur Rivanorr pointait maintenant vers le bas de la forteresse.

— Nous sommes sur le point de quitter ces lieux. Notre présence ici a ouvert un passage dans la frange pour un certain moment et attiré les guerriers de l'armée des morts. Voyez.

Les contours de la forteresse de BelleGarde se mirent à briller doucement et les compagnons devinèrent que celle-ci allait partir comme elle était arrivée. Soudain, une explosion vive de lumière se manifesta de l'endroit où, un moment plus tôt, reposait la sphère brillante laissée par les dames elfes devant la porte. Les malheureux qui s'y étaient attardés furent instantanément désintégrés par cette explosion, qui ne laissa rien sur son passage.

— La forteresse est protégée de toutes parts contre ceux qui voudraient y pénétrer, sauf à cet endroit. Nous devons nous assurer de n'épargner aucun adversaire de manière à ce que l'accès au château demeure sûr lorsque la porte sera ouverte de nouveau.

Les Bretons voyaient maintenant que les formes des guerriers de l'armée des morts se dissipaient et que le pourtour du château fée était nimbé d'un «néant de lumière» opalescente.

— Qu'adviendra-t-il de ceux qui sont restés sur le Preseli? s'enquit Merlin.

— Ils seront aspirés par l'infâme monde qui les abrite. Seule notre présence a ouvert le passage pour un certain temps.

— Alors, il est habituellement fermé? demanda sans assurance Bredon.

— Il s'ouvre de temps à autre, le temps de quelques battements de cils, ainsi que durant les trois nuits de la Samain, répondit simplement le seigneur de BelleGarde.

Les compagnons furent emmenés dans une grande pièce pour s'y reposer et se rafraîchir. Après quelques minutes d'attente, un garde elfe vint les chercher. Il les conduisit de nouveau devant le seigneur Lac, qui les attendait cette fois avec sa fille Ninianne. Auprès d'eux se tenait un majordome que Merlin reconnut : Aezion, l'homme de confiance du seigneur Rivanorr. Il se tenait à côté d'un pilier de jais, haut comme lui, au-dessus duquel flottait la sphère dans laquelle Merlin avait placé l'esprit de la défunte dame du Lac, l'épouse de Rivanorr de BelleGarde et la mère de son amie Ninianne, maintenant appelée de son nom de reine : Vivianne du Lac. Derrière les compagnons, plusieurs gentilshommes et dames elfes, mais aussi des ondins mâles et femelles, assistaient à la cérémonie. La présence de ces nombreux êtres fées, tous aussi beaux et exotiques les uns que les autres, provoqua une forte impression sur les compagnons rassemblés. Sur l'ordre imperceptible du seigneur de BelleGarde, les gardes d'honneur en armure adoptèrent, au même moment, la même position rigide : un rang droit et sans faille en gage de salut aux personnages réunis.

— Amis bretons ! Nous vous avons demandé de venir ici afin de vous remercier d'avoir entrepris la périlleuse mission de retrouver la dame du Lac, notre précédente reine.

Le seigneur fée désigna ensuite la sphère dorée d'un geste distingué :

— Nous avons réussi à entrer en contact avec l'esprit de notre bien-aimée qui nous demande de joindre ses remerciements aux nôtres, ceux de ma fille dame Vivianne du Lac et moi-même.

Le seigneur Lac salua ses invités d'une gracieuse courbette, imité par Ninianne ainsi que par tous les autres représentants des peuples elfe et ondin. Les compagnons bretons, embarrassés par l'impressionnante démonstration, cachaient tant bien que mal leur gêne, sauf Galegantin, qui bombait le torse de fierté, et Cormiac, qui venait tout juste de constater que dans la délégation des ondins du Lac se trouvait Sespienne, l'ondine à qui il avait offert son cœur quelques années plus tôt. Le guerrier n'écoutait déjà plus les éloges du seigneur Lac…

Ce fut alors au tour de Ninianne de parler. À partir de ses nombreuses discussions avec Merlin, la dame du Lac raconta à tous ceux rassemblés un récit détaillé de l'aventure des Bretons, de son origine à sa conclusion, et elle souligna au moins une action remarquable de chacun des compagnons. D'un geste gracieux, elle signala l'entrée de neuf ondins et ondines portant un coussin de velours sur lequel se trouvait une petite boîte en bois à fond de velours : elle contenait une mignonne petite fleur faite d'une matière qui ressemblait à de la pelure d'oignon. Ce matériau était plié et ouvragé de manière à imiter parfaitement les plis naturels d'une véritable fleur. Les ondins s'arrêtèrent chacun et chacune devant un des Bretons honorés, de même que devant Syphelle, et leur présentèrent le joli petit présent en gage de récompense et en remerciement pour le succès de leur mission.

— Votre compagnon Sybran le Rouge se fait livrer le sien au moment même où l'on se parle, ajouta le seigneur Rivanorr à l'intention de Merlin qui, avant tous les autres, accepta le charmant cadeau en le prenant avec délicatesse.

Ses compagnons firent de même et, déjà, après un ultime salut des bienfaiteurs, les délégations se retiraient sans ajouter un mot. Seule la garde d'honneur était laissée aux ordres du capitaine qui venait de pénétrer dans la salle d'audience ; celle-ci reprit la position de repos avant de partir. L'elfe qui les avait conduits jusque-là les invita à le suivre de nouveau dans la pièce qui leur servait de quartiers.

— Allez, je vous rejoins dans un instant, annonça Merlin à Galegantin et Marjean, désirant rester auprès de Ninianne encore un moment.

— Je vous laisse, mes enfants, dit le seigneur Lac à sa fille et à son jeune ami.

Merlin salua le seigneur fée, qui lui rendit la politesse avant de sortir à son tour, avec la sphère dorée contenant l'esprit de son épouse, par un autre accès de la salle d'audience. Merlin avait déjà noté la beauté de cette salle spectaculaire lors d'une visite précédente. Un plafond sans fin aux arcs courbés soutenu par des colonnes d'une pierre blanchâtre, et là, sur un des côtés de la salle, la fontaine où avait été « reforgée » Excalibur, l'épée des rois. Merlin regarda Ninianne qui, comme toujours quand elle remplissait ses devoirs de reine, illuminait la pièce de sa présence. Mêmes les vitraux magnifiquement ouvragés situés sur le mur derrière l'estrade royale pâlissaient de beauté devant les yeux vert brillant et la chevelure dorée de la reine ondine. Merlin la salua gentiment, ce qui comme d'habitude amusa son amie. Elle descendit lentement vers lui.

— Merlin, commença-t-elle. J'ai le regret d'être porteuse d'une triste nouvelle.

À ces mots, Merlin se raidit légèrement.

— De quoi s'agit-il, Ninianne ?

— Un messager de l'allié de ton oncle Uther a trouvé la mort au levant d'Armorique.

Ninianne se retourna vers un grand ondin resté près de la double porte d'entrée de la salle d'audience.

— Bakra, ici même, a retrouvé cette missive sur le messager décédé.

L'ondin Bakra s'avança jusqu'aux deux amis. Il salua sa reine gracieusement et Merlin avec courtoisie. Puis, il exhiba un cylindre de cuir : la marque des missives romaines. Le sceau habituel était brisé et Merlin, curieux, l'accepta. Le jeune druide en sortit le parchemin et le lut d'un trait. Il s'agissait d'un message du comte Paul, le maître du royaume des Romains de Gaule. Le message adressé à Uther Pendragon demandait en quelques mots au roi de lui venir en aide contre ses ennemis germains.

Merlin sembla préoccupé : le document avait bien l'allure d'une lettre romaine, mais il ne pouvait en être certain. Il se concentra pendant un moment et, entrant dans une transe profonde, il «lut» l'impression laissée par celui qui avait rédigé la missive. Il pouvait ainsi voir que celui-ci était un homme d'une vingtaine d'années qui avait reçu une bonne éducation romaine mais dont le cœur n'était pas pur. En sortant de sa transe, il demanda à l'ondin :

— De quelle façon le messager a-t-il été tué ?

— Je n'en suis pas certain, jeune seigneur... Mais je crois qu'il a fait la malencontreuse rencontre d'un géant.

Merlin n'aimait pas cela... ça sentait le piège.

— Je dois retourner auprès de mes hommes, dit-il à Ninianne.

— Je vous remercie, Bakra, fit la reine elfe à l'ondin, qui recula avec respect.

Elle prit alors Merlin par la main et le conduisit vers ses hommes. Quand ils arrivèrent près de la pièce réservée à leur usage, Merlin remarqua Cormiac qui discutait en retrait avec Sespienne. En apercevant son seigneur, Cormiac saisit la main de sa douce et entra dans la salle derrière Merlin et Ninianne.

— Nous devons partir, la Bretagne a besoin de nous ! déclara Merlin.

— Comment ? lança Galegantin.

C'est alors que le druide lui remit la missive retrouvée sur le corps du messager décédé. Le chevalier y jeta un œil rapide et la rendit aussitôt à Merlin. Car Galegantin, comme la plupart des gens de son époque, ne savait pas lire.

— Je vois que le document porte la marque du comte Paul. Que dit le message ?

Merlin lui expliqua rapidement de quoi il en retournait, et ajouta :

— Tu reconnais avec certitude le sceau sur le message, Galegantin ?

— Oui, j'ai rencontré le comte Paul il y a quelques années.

« Le message pourrait être authentique », pensa Merlin. Il se tourna ensuite vers Ninianne pour lui demander :

— Où se trouve BelleGarde en ce moment ?

— La forteresse se situe dans l'entre-monde. Mais elle peut apparaître en plusieurs endroits.

— Dame Ninianne, c'est-à-dire reine Vivianne... interrompit Galegantin. Nous avons laissé nos montures en Démétie.

— Entre nous, chevalier, c'est Ninianne... Vous désirez vous rendre dans le domaine du comte Paul, n'est-ce pas ?

— Certes ! répondirent à l'unisson Galegantin et Merlin.

— Alors, rendons-nous à Brocéliande, suggéra Ninianne en souriant à ses invités.

Quelque part en Petite Bretagne, l'air au nord de la forêt de Brocéliande se mit à vibrer pendant que la forteresse de BelleGarde prenait forme sur son site habituel. Depuis longtemps, les animaux avaient appris à reconnaître les signes du passage du château fée et avaient fui avant sa matérialisation. Peu de temps après, une paire de gardes sortirent par la barbacane dont la porte de pierre s'était évanouie un moment plus tôt, suivis de la troupe de Bretons et de leur compagne Syphelle. Ninianne les accompagnait et, avec elle, marchait une mage elfe. Merlin se doutait que Ninianne détenait une solution pour eux et il attendait patiemment ; les autres imitaient leur chef.

La mage elfe s'avança devant les hommes et les invita, d'un geste impérieux, à se déplacer d'un pas. Puis elle entra dans une puissante concentration et commença la génération d'un sort. L'air devant le groupe de guerriers se mit à craquer et à grésiller, tandis que des étincelles montaient du sol. Une forme sombre se façonna petit à petit au-dessus du sol et gonfla pour constituer un disque dont la base s'appuya par terre. Une image se forma dans la sphère sombre et s'étendit jusqu'à son bord. Les compagnons avaient déjà vu ce phénomène lors de leur passage dans l'antre d'Udoch le géant : il s'agissait sans doute d'un portail de transport. En effet, Merlin pouvait voir de l'autre côté du portail le jeune guide démétien qui tentait de calmer les bêtes, celles-ci étant affolées par l'apparition magique qui se déroulait tout près d'elles.

— Vous avez ouvert un portail vers la Démétie, s'étonna Merlin, ravi des prodigieux pouvoirs de la toute petite mage. Allez, Galegantin, allons récupérer nos chevaux.

Le chevalier marmonnait dans sa barbe :

— Diablerie !

Mais jamais le chevalier n'aurait accepté d'abandonner sa monture de sorte que le colosse se résigna à franchir le portail derrière Merlin. Ce dernier rassura le jeune guide et lui demanda de transmettre un message à son oncle. Puis, le druide dirigea son attention vers les bêtes pour leur chanter «la mélodie de la course sauvage», un poème secret qui donnait confiance et courage aux bêtes. Galegantin fit traverser les destriers en les passant à Marjean, puis il aida Merlin à déplacer les autres montures de même que leur petit chariot. En peu de temps, tous les bagages des compagnons étaient de nouveau en leur possession. Le portail de transport disparut alors dans le néant, selon la volonté de la mage elfe. Merlin et Cormiac firent leurs adieux à leur compagne fée, et chacun remercia encore Ninianne pour ses mystérieux présents ainsi que pour son aide. Merlin vola un dernier sourire à sa belle et prit avec sa troupe le chemin du levant.

5

Les compagnons bretons s'engagèrent sur les sentiers de Brocéliande et retrouvèrent incessamment le chemin vers la côte. Étrangement, les pistes tortueuses de la forêt enchantée ne leur causaient plus de difficultés ; chacun semblait savoir par où aller, même Syphelle.

— C'est probablement un effet magique des présents du peuple fée, expliqua Merlin à ses amis. Désormais, Brocéliande nous est accessible.

Une fois arrivée sur la côte d'Armor, la troupe prit le chemin des sentiers côtiers en direction du levant. Marjean et Donaguy semblaient heureux d'être de retour sur leur terre natale et échangeaient à chaque village et hameau avec les habitants du pays. Et chaque fois qu'on découvrait l'identité de Marjean, le tout dernier «chevalier armoricain», l'accueil devenait encore plus chaleureux, la nouvelle de ses exploits ayant été rapportée par les bardes et les voyageurs de la Bretagne insulaire. Le chemin vers l'est amena la troupe à passer par Legedia, une toute petite forteresse sise dans la bourgade où habitait la famille de Donaguy. Les compagnons y passèrent quelques jours agréables, profitant des largesses et de l'hospitalité des parents de leur aimable compagnon, eux-mêmes les propriétaires de la plus importante auberge de la commune.

C'est durant ce séjour à Legedia que se «dévoila» le premier des présents du peuple fée. Alors que Merlin discutait en privé avec Syphelle, Cormiac les interrompit :

— Venez voir ! Quelque chose est arrivé au cadeau que Marjean a reçu.

Merlin remit son entretien à plus tard et se rendit dans la principale salle de la grande auberge où séjournait la troupe pour y rejoindre les autres. Marjean était assis devant une grande table entourée de plusieurs de ses compagnons. Quand Merlin s'approcha du chevalier, il remarqua devant lui une magnifique cape aux motifs de formes végétales. Instinctivement, Merlin attrapa un pan de sa propre cape pour vérifier si elle recouvrait toujours son dos, tant l'autre ressemblait à la sienne. Pour Merlin, il ne faisait aucun doute, il s'agissait d'une autre cape fée.

— Que s'est-il passé ? interrogea-t-il.

— J'étais là en train de siroter une cervoise. Puis j'ai commencé à tourner la petite fleur de parchemin fin entre mes doigts en me demandant pourquoi les elfes et les ondins avaient choisi de nous donner un tel présent. Quels pouvoirs pouvait-il bien cacher ? Mais aussi, pourquoi le seigneur Rivanorr de BelleGarde et Vivianne ne nous avaient-ils pas invités à nommer l'objet de notre désir, comme il est coutume en Bretagne ? Je me disais : «J'ai toujours voulu une cape comme celle de Merlin.»

Le seigneur de Cerloise savait que Marjean connaissait une partie des pouvoirs de sa cape pour les avoir constatés par le passé.

— Eh bien, la petite fleur entre mes mains s'est mise à scintiller puis elle a éclaté dans une explosion vive de lumière. Quand l'éblouissement s'est enfin dissipé, cette cape se trouvait devant moi sur la table.

— Ça doit être le but du cadeau. La fleur « sent » ton désir et te l'offre, commenta Merlin, qui sembla ensuite réfléchir avant de poursuivre :

— Mais qu'attends-tu ? Mets la cape !

— Tu crois que c'est sûr ?

— Sûr ? Qui sait… ? Mais je crois que c'est sans danger.

Marjean s'exécuta. Il retira sa vieille cape de laine brune et revêtit la nouvelle sur ses épaules. Au début, il ne se passa rien de perceptible ; puis les motifs prirent lentement vie et commencèrent à s'animer en de subtils mouvements, à la manière des feuilles qui frémissent aux arbres. La cape semblait faire partie des vêtements de Marjean depuis toujours, comme s'il l'avait toujours portée.

— Elle te va bien, se surprit à dire Galegantin qui, comme tous les autres, trouvait que Marjean paraissait plus impressionnant et charismatique qu'avant. Seul Merlin ne tomba pas sous l'effet magique de la nouvelle cape, notant tout de même comment ses amis étaient soudain subjugués par la prestance du chevalier Marjean. Ses compagnons étant rassurés, il retourna à ses échanges avec Syphelle.

La jeune guerrière avait passé la journée à l'écart des autres. Son corps avait de plus en plus de difficulté à s'habituer aux symptômes féminins causés par les «effets de la lune», comme les nommaient parfois les druides. Depuis qu'elle n'était plus auprès de sa mère guérisseuse, elle évoluait dans un monde d'hommes et n'y trouvait plus aide ni solidarité en ces périodes pénibles. Merlin avait observé son malaise et s'était rendu auprès d'elle pour lui prêter secours. Il partit ensuite rassembler les herbes et les ingrédients souhaités. Il saisit sa trousse de campagne qu'il gardait dans son sac fée, puis il alla auprès de l'amazone pour lui offrir une potion qu'il venait de concocter.

— Bois une gorgée de cette mixture maintenant. Tu feras de même ce soir au coucher et demain au lever. Elle n'est pas aussi puissante que je l'aurais espéré, car les herbes en cette saison sont rares, mais elle te fera le plus grand bien.

Il la laissa ensuite se reposer.

Le lendemain matin, Syphelle réapparut au sein du groupe et semblait beaucoup mieux. Elle croisa le regard de Merlin et baissa doucement les yeux en gage de remerciements. Désormais, nul mot ne fut échangé au sujet de ses malaises.

Après de chaleureuses salutations à leurs hôtes, la cohorte de Bretons prit de nouveau la route de l'est vers le pays appelé le «royaume des Romains de Gaule», patrie du comte Paul, celui dont la missive était parvenue à Merlin. Quelques années auparavant, le maître des milices des Gaules, le général Égidius, célèbre pour ses victoires contre les Wisigoths et les Saxons, avait déclaré le nord des Gaules royaume indépendant. À sa mort, trois ans plus tôt, son principal lieutenant le comte Paul avait pris la tête du petit État libre situé entre les fleuves Liger et Samara. Comme la Bretagne, le royaume des Romains de Gaule restait fidèle à Rome, mais il n'en reconnaissait plus l'autorité suprême. Ce petit pays était considéré comme le dernier État profondément romain, dans une mosaïque d'États barbares au nord de l'Italie, et il avait pour principaux alliés le royaume de Bretagne et les puissants royaumes francs. Les compagnons se retrouvaient de nouveau dans une partie du monde fortement romanisée, et Galegantin, Marjean, Bredon et Merlin s'y sentaient tout à fait à l'aise. Il était possible de trouver des thermes, et ils les considéraient comme une grande commodité. De leur côté, les compagnons qui avaient été élevés dans les traditions celtiques y découvraient toutes sortes de raffinements et de coutumes dont seules les grandes cités bretonnes de Camulodunum, Eburacum et Londinium profitaient pleinement.

La troupe arriva enfin sur les terres fertiles d'un puissant seigneur, un dénommé Antor. Il avait passé sa vie à combattre pour Rome alors que son seul véritable amour était celui de la terre et de l'agriculture. Il vivait sur ses terres avec son jeune fils, mais avait perdu son épouse, qui était morte en couches. L'homme habitait maintenant dans un petit mais très confortable manoir, loin de sa forteresse côtière, avec son garçon et sa bonne qu'on soupçonnait être sa maîtresse. Antor leur fit un très bon accueil et se porta volontaire pour les conduire auprès du comte Paul, qu'il disait son ami. Et ce, même si Merlin ne l'avait pas informé du pourquoi de leur désir de rencontrer l'homme...

Merlin fut impressionné par la grande qualité humaine du seigneur Antor, notamment dans ses rapports avec son fils. Le seigneur exerçait un véritable contrôle sur ses sujets et sur leurs activités ; pourtant, chacun n'avait que de bonnes paroles pour l'homme qui vivait « comme un des leurs », même s'il avait la fortune et la capacité de s'élever au rang des princes du continent. Même Galegantin avait succombé au charme du seigneur, qui était chevalier comme lui. Pour sa part, Merlin se surprit à rêver à ce qu'aurait été sa jeunesse s'il avait eu la chance de grandir dans un aussi beau pays, auprès d'un homme aussi remarquable. Le seigneur Antor possédait tant de qualités que plusieurs voyaient en lui le *pater familias*, le père de famille idéal. Ce dernier était si heureux de recevoir la visite de chevaliers bretons qu'il leur offrit à chacun une belle monture. Au dire de Galegantin, il s'agissait des plus imposantes bêtes qu'il avait vues de sa vie.

Sur le chemin les menant vers la cité du comte Paul, Antor se tourna spontanément vers le chevalier Marjean et lui demanda comment se portait son père.

— Il ne va pas mieux, je le crains… Budico va bientôt lui succéder.

Merlin fut étonné par la nouvelle. En effet, il apprenait pour la première fois que le taciturne Marjean s'avérait le fils d'Erich, le roi du Penn-arBed, la partie sud de la Petite Bretagne. Décidément, les membres de la troupe cachaient de nombreux secrets. Mais la surprise ne s'arrêtait pas là :

— Et vous, jeune Ambrosium, s'enquit le chevalier Antor, comment se porte votre mère Mélissandre ?

Merlin fut estomaqué par la question. Comment Antor connaissait-il sa mère ainsi que le nom que les druides de Petite Bretagne lui avaient donné?

— Bien… Elle va bien, du moins la dernière fois que je l'ai vue.

Bien des questions planaient encore dans l'esprit de Merlin sur cet étonnant et attachant personnage.

La troupe arriva dans le chef-lieu oriental du comte Paul, la cité de Rotomagus. Elle fut logée dans la forteresse de Paul, qui les reçut comme des invités de marque. Le seigneur Antor était bel et bien un très proche ami du comte, mais la présence de Merlinus Ambrosium − neveu d'Uther Pendragon de Bretagne ou du «Riothime», c'est-à-dire Haut-Roi dans la langue bretonne − et de sa troupe constituait pour lui une visite inespérée. Le comte Paul accueillit aussi chaleureusement le chevalier Galegantin. Il apprit à tous qu'il le connaissait depuis fort longtemps, puisqu'il avait servi en campagne militaire en même temps que son père.

— Je me souviens de vous quand vous étiez haut comme ça, indiqua-t-il en levant la main au niveau de son ventre. Vous êtes maintenant devenu un chevalier impressionnant, tout autant que notre preux Antor ici même.

— C'est un grand bonheur de vous revoir à nouveau, comte Paul, lui retourna poliment le chevalier, un peu embarrassé par les familiarités de l'homme.

Merlin lui rendit toutes les politesses d'accueil convenues, la manière infaillible de montrer sa valeur à une personne qui nous connaît peu. Et il lui annonça qu'il était porteur d'une missive découverte sur un messager décédé. Une dépêche qui pouvait avoir été envoyée par lui... Le vieux comte s'attrista et confirma les faits, puis il demanda :

— Comment est mort ce malheureux ?

— Nous n'en sommes pas encore certains, mais il aurait été tué par un être gigantesque.

— Maudit soit Childéric ! s'exclama alors le comte Paul, un peu hors de lui-même.

Merlin s'étonna à la mention du roi des Francs. Le comte Paul nota la réaction de son invité et reprit :

— Vous ne le saviez peut-être pas, mon jeune ami, mais les Francs sont connus pour partager leurs rangs dans la bataille avec des géants...

6

Merlin apprit du comte Paul que le roi Childéric et tous les peuples francs se distançaient depuis peu de l'influence du royaume des Romains de Gaule. Les Romains, maîtres du petit pays isolé au nord de la Gaule, avaient toujours exercé un pouvoir supérieur sur la puissante tribu germanique alliée de Rome, installée sur sa frontière orientale.

— Les Francs nous ont suivis dans toutes nos batailles. Ils nous sont même restés totalement fidèles après qu'Aegidius, mon illustre prédécesseur, eut déclaré la séparation de notre royaume de l'Empire, à la suite de l'assassinat de l'empereur légitime et de son remplacement par un souverain fantoche. Le vieil Empire a bien changé, mon jeune ami.

Le vieux comte Paul semblait furieux, mais il continua :

— Les Francs ont jadis reconnu Aegidius comme roi suprême, mais ils refusent de reconnaître son fils Syagrius comme nouveau roi. Si ce n'était de moi et de l'appui que je lui porte, ses droits héréditaires seraient bafoués. Mais voilà maintenant que le roi Childéric refuse de soutenir nos campagnes militaires et demande à son tour l'indépendance des siens. Nos anciens ennemis nous croient isolés et vulnérables, et ils s'apprêtent peut-être à nous attaquer.

Merlin ne pouvait pas savoir concernant tous ces ennemis. Il se doutait par contre que, pour les Saxons au nord, l'hiver avait été aussi terrible qu'en Bretagne. Les raisons étaient donc nombreuses de profiter de cette faiblesse apparente. Et justement, la nation saxonne n'était séparée du royaume des Romains que par les vastes pays francs. Le comte Paul expliqua donc :

— C'est pourquoi j'ai fait envoyer un messager aux Bretons d'Armorique, ainsi qu'à votre oncle Uther Pendragon, pour réclamer son aide.

— Eh bien voilà, Merlin, intervint le chevalier Galegantin. Tu as la réponse à tes questions. C'est bien le comte ici même qui est derrière le mystérieux message. Il ne s'agit pas d'un piège des géants.

— En effet, jeune Ambrosium, affirma le vieux général. Et puisque vous êtes ici, vous pourrez transmettre ma demande à Uther Pendragon lui-même. Mais expliquez-moi cette étrange conspiration de géants dont vous semblez parler…

— Nous avons eu récemment des démêlés avec des personnes de ce peuple.

Merlin ne voulait pas offenser son hôte. Il lui expliqua les grandes lignes de leur dernière aventure en Hyperborée. Toutefois, il désirait en retour en savoir davantage sur la demande du comte Paul à ses alliés bretons et sur les conséquences qu'aurait une telle aide. Et aussi, il souhaitait en apprendre plus sur l'énigmatique roi Childéric.

— Je vais m'appliquer à faire part de votre requête à notre roi Uther, mais vous n'êtes pas sans savoir que la Bretagne fait face à d'énormes contraintes cette année et qu'il existe une grande menace d'attaque des coalitions saxonnes cette saison.

— N'ayez crainte, mon jeune ami, les frères-rois de Saxe ont perdu une grande partie de leur flotte respective dans les terribles tempêtes de l'hiver dernier. Ils resteront sur le continent cette année.

Merlin se réjouit de la nouvelle et en prit bonne note : «Ouf! pensa-t-il. Au moins, la Bretagne sera épargnée de la fureur et de la convoitise des Saxons cette année encore.» Les deux chevaliers bretons et lui eurent ensuite un échange agréable avec le comte Paul, mais leur hôte dut prendre congé de ses invités pour retourner à la gestion de ses affaires courantes. Il invita les visiteurs bretons à rester quelques jours et à profiter de l'hospitalité des siens. Un navire serait appelé sur l'ordre du comte pour ramener, dès que possible, les compagnons en Bretagne.

En attendant, les Bretons et leur compagne nordique s'installèrent dans la résidence d'un riche Romain qui était heureux d'accueillir des amis alliés de si bonne naissance. On mit à la disposition de la troupe un petit pavillon en bon ordre. Merlin et les deux chevaliers ainsi que l'écuyer Bredon furent logés quant à eux à même la grande villa située à l'intérieur des murs de Rotomagus.

Merlin parcourut la cité sous l'escorte de ses amis. Il en profita pour faire des observations sur son organisation et sur la manière dont étaient aménagées les défenses des murs qui protégeaient la belle cité : le comte Paul y avait érigé sa capitale dans la partie ouest du royaume, dont il exerçait la régence. Après que le groupe eut passé quelques jours auprès de leur hôte Marcelus Fabius Dentatus, Merlin, qui espérait apprendre tout ce qu'il pouvait sur le roi Childéric, désirait maintenant se rendre plus près de la frontière qui séparait les deux royaumes ; il voulait se renseigner lui-même sur ce que les Francs pensaient de leur roi. Il informa donc ses compagnons de ses intentions et chargea Cormiac d'organiser le voyage et de ravitailler la troupe.

Cormiac le Fort ne marchait jamais seul. Il gardait toujours un des hommes, ou parfois Syphelle, auprès de lui pour assurer sa propre sécurité et celle de l'or de la troupe qu'il portait sur lui. Le guerrier avait beaucoup appris de Sybran et, après lui, de Bredon, en les ayant observés endosser la même responsabilité pour le seigneur de Cerloise. Merlin était satisfait de son nouveau sergent. Il remarquait aussi que Marjean n'hésitait pas à demander à Tano d'accomplir des tâches diverses chaque fois que cela était nécessaire.

Le lendemain, la troupe sortit de la cité de Rotomagus et prit la direction de l'est pour arriver, le surlendemain, à la frontière des pays francs. De tous les peuples barbares de tout l'ancien Empire romain, les Francs comptaient parmi les plus « civilisés ». Ils avaient côtoyé l'Empire depuis de nombreuses années. En tant que peuple fédéré, ils avaient rempli un rôle dominant dans la politique romaine au nord des Gaules, allant même jusqu'à se faire nommer auxiliaires des Romains en Gaule. Les Francs pratiquaient encore leur religion païenne, mais le christianisme prenait de plus en plus de place dans leur société. Toutefois, Galegantin n'était pas chaud à l'idée de franchir la frontière en terrain germain. Par le passé, les Francs s'étaient montrés amis, alliés, mais aussi rivaux du peuple breton.

— Je n'approuve pas cette décision, Merlin, protesta Galegantin. Ces Germains ne m'inspirent pas confiance.

Merlin le contredit ainsi :

— Ils sont les ennemis des Saxons, chevalier… Les ennemis de mes ennemis sont mes amis.

Galegantin haussa les épaules.

— Mmmfff ! renifla-t-il pour toute réponse.

— Qu'en penses-tu, Marjean ? demanda ensuite Galegantin à son collègue chevalier.

Marjean, d'abord surpris, fut honoré de la question de son ancien mentor. Il suggéra :

— Peut-être serait-il sage de nous séparer en deux groupes ; le premier ira avec Merlin et le second restera derrière, prêt à intervenir ou à aller chercher de l'aide en cas de problème.

Ce conseil comportait ses avantages et ses inconvénients, mais semblait le plus sage.

— Nous serons moins menaçants si nous sommes en nombre réduit. Imaginez la terreur des Francs si toute la troupe traverse leur frontière. Ils croiront qu'il s'agit d'une invasion !

La plaisanterie de Marjean fut appréciée et les compagnons rirent un bon coup. Cela diminua la tension dans le groupe et permit de prendre une meilleure décision. Chacun exprima son opinion, mais à la fin, c'est Merlin qui trancha :

— Je partirai donc avec un de nos chevaliers. Cormiac viendra avec moi ainsi que Donaguy. Syphelle, tu resteras…

— Non ! interrompit la jeune femme.

Puis elle se reprit… Après tout, elle avait promis d'obéir aux ordres de Merlin tant qu'elle ferait partie de la troupe.

— Je veux dire, Merlin, que ma présence diminuera la menace perçue par les Germains ; ils seront moins méfiants de vous… si je vous accompagne.

Syphelle avait raison. Merlin accepta les arguments de la guerrière :

— Tu peux nous accompagner. Il importe que tu ne sois jamais seule, Syphelle. Même si tu portes les armes, certains hommes chercheront à te causer du tort et s'opposeront à toi. Et rappelle-toi : il serait triste que tu aies à tuer un homme parce qu'il se conduit mal envers toi.

Galegantin s'indigna :

— S'il le mérite, je crois que… Ouille !

Il n'eut pas le temps de terminer sa phrase, car Marjean lui assena un solide coup de coude sous le bras. C'était le seul endroit que son armure ne protégeait pas. Il plissa des yeux devant le grand chevalier qui venait de l'affronter. Puis Marjean montra discrètement Syphelle des yeux. Galegantin vit que la jeune femme avait le regard tourné vers le sol, alors il comprit sa maladresse.

— Heu… Je veux dire que tu as le droit de te défendre.

Merlin le dévisageait maintenant.

— Heu… Heu… poursuivit Galegantin, tout aussi malhabile. Il serait malheureux que tu sois la cause de… Ouille !

Marjean le frappa de nouveau.

— Quoi encore ? ! s'indigna-t-il.

Merlin vola à son secours.

— Ce que Galegantin veut dire, Syphelle, c'est que tu dois faire en sorte de ne jamais te trouver en situation où tes actions pourraient forcer une fin regrettable.

Les yeux de Syphelle quittèrent le sol pour se poser sur ceux de Merlin, et la jeune guerrière approuva ses dires d'un geste de la tête. Elle s'approcha ensuite de Galegantin et lui toucha le bras tendrement pour le remercier de ses efforts, puis elle s'éloigna en compagnie de Marjean.

— Les femmes sont si compliquées, Merlin.

Un silence court mais gênant plana sur le groupe, jusqu'à ce que Merlin le brise enfin :

— C'est normal que tu aies cette impression, Galegantin… Après tout, tu n'es pas une femme… Mais rassure-toi, elles font face aux mêmes problèmes et défis quand elles cherchent à comprendre les hommes.

Merlin passa donc la frontière avec une partie de la troupe, alors que Galegantin se rendit à Suessionum pour attendre le retour de son chef.

Merlin et ses amis se rendirent dans un petit village frontalier, mais ils comprirent vite qu'ils n'y étaient pas les bienvenus. Une méfiance manifeste envers les étrangers semblait caractériser tous les habitants du village. Les compagnons choisirent donc de loger dans une auberge.

— Ce sera le seul endroit du village où les visiteurs sont appréciés, crut bon de leur signifier Merlin.

Merlin, Marjean, Cormiac, Donaguy et Syphelle entrèrent donc dans le grand bâtiment. Ils s'installèrent à une longue table et attendirent l'aubergiste.

— Qu'est-ce qu'ils veulent, ces voyageurs ? demanda de sa voix profonde, dans un latin au fort accent germanique, l'aubergiste au ventre rond qui s'approchait en souriant aux Bretons.

— À boire, et un repas chaud pour tous, répondit Merlin dans la langue de Virgile.

— Ça vient tout de suite, jeune maître, lança l'aubergiste, qui croyait voir en Merlin le jeune fils d'un riche seigneur suivi de son escorte. Il y avait, après tout, un chevalier au sein du groupe. Les compagnons échangèrent des regards étonnés.

— Bon… Il semble que ça sera moins pénible que prévu, déclara Marjean.

Peu après, une excellente nourriture leur fut apportée. Une fois bien repus et leur soif étanchée, ils demandèrent une chambre pour y passer la nuit. Merlin partagea son lit avec Marjean, ces deux derniers étant les plus «nobles» de la petite troupe. Les autres se couchèrent à même le plancher de bois, une rareté en Bretagne, mais une chose assez courante chez les Francs. Cormiac se coucha pour sa part devant la porte, bloquant l'ouverture de tout son corps.

Merlin s'endormit aisément, mais comme cela lui arrivait désormais souvent, ses rêves furent tourmentés par des cauchemars et des visions étranges. Et cette fois, ses songes nocturnes prirent une tournure particulière : la dame du Lac mère, ou plutôt la sphère qui l'abritait maintenant, apparut dans sa vision. Elle semblait vouloir communiquer avec lui, le conduisant vers une autre vision, celle du cadavre du géant Udoch qui reprenait lentement vie dans un étrange couloir de pierre : les couloirs wendiques. Le cadavre décomposé du géant de la grotte répétait ses dernières paroles mémorables :

— … Nous nous reverrons un jour, jeune magicien. Ma race immortelle ne peut connaître la mort…

C'est ainsi qu'une pensée nouvelle germa dans l'esprit de Merlin, ce qui le sortit de son sommeil. Il ne s'agissait pas de la crainte de l'avertissement du géant, mais d'une idée radicalement différente. Merlin se rendait maintenant compte que les célèbres «couloirs» wendiques d'Hyperborée, qu'il n'avait pourtant jamais vus, auraient peut-être la capacité surnaturelle de régénérer le corps perdu de la mère de Ninianne. Mais alors qu'il entrait dans une transe méditative pour éviter de gesticuler et ainsi réveiller son compagnon de lit, il fut réveillé par un bruit de pas sourds dans le corridor qui menait à leur chambre.

Dans son état de transe, ses sens étaient plus efficaces, plus sensibles qu'à la normale. Il pouvait aussi sentir Cormiac qui s'éveillait à son tour, suivi peu après de Marjean : les années qu'il avait passées comme écuyer à s'occuper des besoins de Galegantin l'avaient habitué à demeurer très attentif à tout changement qui se produisait autour de lui. Merlin sortit de sa transe et se leva en même temps que le chevalier qui, déjà, retirait sa longue épée de son fourreau. Le tintement de la lame réveilla les autres compagnons, qui saisirent également leurs armes en se dressant d'un mouvement vif et silencieux.

Cormiac se tenait maintenant devant la porte de chambre. Il planta sa hache dans le plancher de bois, le manche s'appuyant contre la porte et empêchant le pêne de glisser. Presque au même moment, les hommes qui se trouvaient dans le couloir s'élancèrent avec force contre la porte, mais celle-ci ne céda pas.

— Donaguy ! Tano ! À la porte ! commanda Marjean.

Les deux hommes s'élancèrent pour prêter main-forte à leur compagnon. Les adversaires poursuivirent leur tentative d'enfoncer la porte, mais celle-ci, grâce aux efforts combinés des trois Bretons, tenait toujours. Dans le corridor, on pouvait entendre, dans la langue singulière des Francs, un homme crier des ordres. Cormiac, réagissant aux premiers coups d'une hache qui s'abattait contre la porte, se tourna vers Merlin :

— Maintenant, qu'est-ce qu'on fait ?

Depuis un instant, Merlin préparait un sortilège. Il en avait pratiqué l'usage durant ses méditations quotidiennes ; depuis le récent passage de la troupe à Moridunum, il s'était découvert la capacité de bouger des objets par la seule force de la pensée.

— Laissez-les faire, murmura-t-il doucement, en pleine concentration.

Cormiac cogna du pied le manche de son arme et récupéra habilement sa hache, tandis que les autres tenaient encore la porte. Puis les trois Bretons se reculèrent en se mettant sur le côté pour laisser la porte s'ouvrir vers l'intérieur. Constatant qu'il n'y avait plus de résistance, leurs adversaires poussèrent violemment la porte, et deux d'entre eux s'écrasèrent presque au sol. Merlin avait déjà jeté son sort et une puissante charge frappa les deux hommes, les projetant vers l'extérieur :

— *Jetzt Thor* ! cria un des hommes.

Puis jaillirent d'autres paroles aussi incompréhensibles. Les autres Francs, des solides gaillards, hésitèrent un moment à charger de nouveau. Merlin abaissait maintenant les mains qu'il tenait devant lui. Muni de son armure, un grand guerrier mince, vraisemblablement le chef du groupe, passa le visage dans l'embrasure de la porte et vociféra une directive, dans un latin acceptable :

— Mon seigneur Childéric vous ordonne de vous rendre !

Merlin comprit qu'il ne s'agissait pas de l'attaque de brigands, mais bien de soldats du roi des Francs

75

saliens. D'un geste, il indiqua à ses hommes d'abaisser leurs armes et ajouta à son tour en latin :

— Nous nous rendons à l'autorité de votre roi.

7

Pendant plusieurs jours, on transporta les Bretons dans une charrette fermée jusqu'à chez le roi Childéric. On leur accorda l'usage d'une grande tente et le droit de se rafraîchir avant de se présenter devant le souverain ; toutefois, leur apparence était loin de donner l'impression de noblesse qu'ils auraient souhaitée.

— Cormiac, va voir si on est seuls, demanda Merlin, indiquant du coup aux autres de s'approcher de lui.

Il entra aussitôt en concentration. Par le passé, Merlin s'était exercé, au moyen d'une méthode purement magique, à rassembler de petites quantités de matière ou à en concentrer une en particulier. En ce moment, il cherchait à isoler la poussière et les saletés incrustées dans les vêtements de ses compagnons ; il avait déjà utilisé cette magie pour enlever des déchets de chevaux lors d'un précédent voyage dans le nord. Il entama d'abord une manipulation élémentaire de la terre, puis du vent. Cela nettoya assez bien les vêtements et les cheveux de ses amis, même ceux de Cormiac, qui venait de se joindre à eux après s'être assuré qu'on ne les épiait pas. Quand les soldats de Childéric vinrent chercher les hommes pour les conduire devant leur roi, ils virent que les Bretons avaient maintenant fière allure. Les soldats, eux, demeuraient d'apparence aussi pitoyable que l'avaient été leurs captifs un peu plus tôt.

Childéric reçut Merlin et ses compères sous une grande tente de soldats, comme un général romain en campagne. Merlin le trouva plutôt mal habillé et d'aspect rustre, lui qui avait cherché à se distinguer. Sa renommée était connue de tous, et son nom voulait dire «fort à la guerre» en langue francique. Childéric avait la réputation d'être cruel, mais Merlin se souvenait surtout d'avoir entendu parler de lui parce qu'il avait récemment apporté l'aide des siens au général Aegidius à la grande bataille d'Aurelianis, cinq ans plus tôt. Les Francs de Childéric avaient alors battu les troupes wisigothes et assuré la victoire romaine.

Le roi dévisagea les Bretons pendant un moment, puis son regard s'adoucit quand il aperçut Syphelle. Après tout, l'homme avait la réputation d'apprécier la boisson et les conquêtes féminines. Syphelle détourna le regard vers Merlin et Childéric comprit aussitôt que c'était lui le chef du groupe, et non pas le chevalier qui se tenait légèrement devant les autres. Dans un latin impeccable, le souverain déclara:

— Je vous ai fait désarmer par mes hommes, mais ceux-ci m'assurent que vous n'avez pas cherché à fuir ni tenté de leur faire violence depuis que vous vous êtes livrés à moi.

Il fit volontairement une courte pause, puis sa voix puissante et autoritaire s'atténua quelque peu:

— Alors, étrangers, êtes-vous ici en amis ou en ennemis?

— En amis, déclara aussitôt Merlin, sans réfléchir.

Le roi se retourna vers un de ses conseillers, puis son visage esquissa un sourire sans conviction.

— Qui êtes-vous et qu'est-ce qui vous amène sur nos terres ?

— Je suis Merlinus Ambrosium. Voici le chevalier Marjean de Cerloise. Quant à ces gens, ils sont mes fidèles compagnons : Cormiac, Donaguy et Syphelle. Nous sommes venus pour vous rencontrer en personne, bon roi.

Childéric s'attarda un moment sur la jeune guerrière qui, sans être d'une très grande beauté, paraissait très bien dans son armure scandinave. Satisfait, le roi présenta à son tour quelques officiers de sa cour − ceux qui étaient présents − ainsi qu'un de ses conseillers.

— J'ai entendu parler de vous, Merlinus Ambrosium. À ce qu'on dit, vous et vos amis êtes responsables de bien des hauts faits… On raconte même que vous avez terrassé un dragon, s'amusa le souverain, ce qui fit aussitôt sourire ses officiers.

Marjean, qui traduisait en breton au fur et à mesure pour ses amis, s'indigna :

— Cela est juste, roi Childéric, même si Merlinus Ambrosium est trop modeste pour s'en vanter.

Le roi fut étonné de cette affirmation. Après tout, la parole d'un chevalier était rarement mise en doute.

— On dit aussi que vous êtes celui qui a fabriqué l'épée magique du roi Uther de Bretagne.

— C'est la dame du Lac qui l'a conçue, mon rôle a été légèrement différent dans cette histoire.

Le souverain parut réfléchir un moment puis il reprit :

— Vous n'êtes donc pas ici pour espionner pour le bénéfice du comte Paul ?

— Non, je l'affirme, répondit Merlin. Je suis venu voir personnellement pourquoi ce dernier se montre si méfiant de vous.

Cette réponse sembla apaiser Childéric. Il fit signe à un des gardes, et on leur rapporta immédiatement leurs armes.

— Je n'ai nulle crainte à propos des hommes du bon roi Uther. Si vous me promettez de ne pas quitter le camp, vous pourrez aller comme bon vous semble.

Merlin donna sa parole au nom de tous, et le roi ordonna qu'on les conduise dans des quartiers où leur seraient prodigués nourriture et bons soins. Le seigneur de Cerloise salua le roi Childéric avant de partir, mais quelque chose lui disait que ce dernier dissimulait un plan derrière son jeu courtois.

Comme promis, on laissa les Bretons aller et venir à leur guise, mais jamais sans l'escorte de gardes se tenant non loin derrière eux. Cela valait tout de même mieux que la captivité complète. Merlin pouvait ainsi sillonner le camp et poser des questions sur le roi et sur l'opinion que leurs hôtes avaient de leur voisin, le comte Paul. Il lui apparut rapidement que le roi Childéric était aimé et craint des siens. Un court épisode du passé lui portait ombrage : le roi s'était couvert de honte en abusant de la vertu des épouses de ses sujets ; cela l'avait obligé à fuir dans un pays voisin pendant quelques années. Heureusement pour lui, ses exploits militaires contre les autres tribus barbares lui avaient rendu sa gloire.

Les Francs saliens étaient prospères sous le régime de Childéric. On avait aussi une très bonne opinion du comte Paul en ce pays, et on comprenait mal pourquoi il semblait méfiant du puissant roi Childéric. Merlin se demandait s'il ne s'était pas trompé sur l'homme ; il ne trouvait pas non plus la moindre trace de géants à sa cour. Peut-être le comte Paul avait-il simplement exagéré. Le jeune druide prévoyait maintenant avoir un autre entretien avec le roi pour en savoir plus sur ses intentions. Mais alors que l'opinion que Merlin avait de Childéric changeait pour le mieux, un premier incident eut lieu.

Ce soir-là, tandis que les compagnons se préparaient pour la nuit et que Cormiac cherchait en vain — comme presque tous les soirs — le moyen « d'ouvrir » son cadeau fée, le roi Childéric fit soudain irruption dans leur tente. Saoul et bien décidé, il insistait pour que Syphelle l'accompagne pour une promenade nocturne. Marjean s'interposa devant le roi, le priant de réexaminer ses intentions. Merlin à son tour s'approcha et demanda :

— Bon roi Childéric, est-ce ainsi que l'on traite les invités dans les royaumes francs ? Syphelle est de mes gens, et tout ce que vous lui ferez sera considéré fait également à moi.

Les paroles de Merlin eurent moins d'effet qu'escompté. Le puissant roi écarta de son chemin les deux hommes, pourtant très forts, comme s'il s'agissait d'enfants. La cape de Merlin s'anima instantanément. Elle s'élança vers l'arrière en s'allongeant pour se fixer au sol, redonnant au jeune druide l'équilibre qu'il avait perdu. Puis elle reprit aussitôt sa forme habituelle sans que Childéric, ivre à souhait, ne s'en aperçoive. «Si seulement Galegantin se trouvait ici», se dit alors Merlin. Marjean avait eu moins de chance et sa cape fée ne l'avait pas aidé de la même manière. Le chevalier se releva lentement, visiblement fâché.

Pour sa part, Syphelle était pétrifiée de peur. Elle comprenait très bien ce qu'espérait l'homme. Elle comprenait aussi que ses amis allaient lutter pour elle et que cela signifiait qu'ils seraient probablement maltraités, ou peut-être même tués, car nul ne pouvait toucher un roi sans son accord et encore moins pointer une arme contre lui, cela étant passible de mort. Mais Merlin et Marjean avaient pris grand soin de ne pas toucher le monarque, seulement de se placer devant lui. Syphelle devait prendre une décision : combattre ou sauver ses compagnons. Elle observait déjà des signes de préparation au combat chez Merlin puisqu'il était en transe, tandis que tous les autres attendaient l'ordre de leur chef. Mais Childéric, trop enivré par l'alcool, ne voyait rien de tout cela. Il titubait vers la femme et ne désirait plus que la prendre.

— Dehors ! cria-t-il aux autres.

Mais les Bretons ne bougèrent pas.

Merlin devait agir vite. Il chercha, dans le pan de sa veste, une petite poche qu'il avait fait coudre par Anise. Il récupéra un peu de la poudre enchantée qui s'y trouvait, de la poudre de perlimpinpin, et il lança un sort. À la grande surprise de tous, le sort ne visait pas le monarque, mais Syphelle. La poudre magique vola vers la guerrière, portée par une manipulation élémentaire du vent, et se mit à tourner en scintillant autour d'elle. Le roi Childéric recula d'un pas, stupéfié par l'enchantement. Merlin compléta son sort, et les fines particules de poudre magique se déposèrent sur la peau de Syphelle, pénétrant ses vêtements comme si elle n'en portait pas. Sa peau brilla alors faiblement d'un évanescent voile de lumière dorée, tel un beau bronzage d'été. Merlin reprit une position naturelle et expliqua :

— Vous m'avez forcé la main, roi Childéric. J'ai donc pratiqué un enchantement sur Syphelle, et nul homme ne peut la toucher désormais sans son propre accord. Comme vous, mon bon roi, elle peut toucher qui elle désire ; mais si le contraire se produit, le malheureux sera aussitôt pétrifié !

Childéric ne connaissait pas la peur, mais la crainte de la pétrification le fit reculer d'un autre pas. Il dévisagea Merlin, visiblement en colère, puis quitta la tente des Bretons d'un pas aussi chancelant que lorsqu'il y était entré plus tôt.

Les compagnons respirèrent un bon coup.

— Ouf ! Il s'en est fallu de peu pour que nous y passions tous, commenta Donaguy.

— Nous serions tombés avec toi, assura Cormiac, qui fit le geste de toucher Syphelle par solidarité. Mais Marjean attrapa le bras de Cormiac en lui expliquant :

— Malheureux ! Ne la touche pas, Merlin vient de lui jeter un sort de pétrification.

Cormiac, ne parlant pas le latin, n'avait pas compris les paroles de Merlin à l'endroit de Childéric ; il avait cru que Merlin avait usé d'une ruse contre le roi des Francs. À ces mots, Syphelle saisit à son tour la portée de son étrange brillance capillaire…

Le lendemain, Merlin fut demandé par le roi mais, cette fois, seul. Il se rendit donc devant Childéric qui, pour cette entrevue, avait pris la véritable apparence d'un monarque. Il portait de beaux vêtements et une magnifique couronne d'or où se mêlaient formes végétales et animales. Merlin y reconnut la silhouette d'une fleur et de petits batraciens.

— Je t'ai fait venir ici afin de te proposer un marché, jeune Ambrosium. Je sais que le royaume de ton oncle subit presque chaque année les attaques des Saxons, mes voisins du septentrion. Je sais aussi que tu as joué un rôle plus important que tu ne le laisses croire dans la production et l'enchantement de l'épée magique d'Uther Pendragon.

Merlin attendait patiemment la suite.

— Je suis prêt à oublier la triste histoire d'hier soir, mais je te demande en échange de me fabriquer un objet de puissance comme tu l'as fait pour les tiens. Je te donnerai alors ce que tu veux et te laisserai partir avec tes compagnons…

— Sans que mal ne leur soit fait, ajouta Merlin, téméraire.

Les paroles du seigneur de Cerloise amusèrent le roi Childéric, qui poursuivit :

— Sans que mal ne leur soit fait, je le jure. Mais je t'offre encore plus si tu n'es pas convaincu. À l'aide de ce que tu confectionneras pour moi, j'irai faire la guerre aux Saxons dès qu'arriveront les beaux jours de l'été. La couronne bretonne possédera un nouvel allié sur le continent.

Merlin pesa toute la portée des mots du puissant roi. Il se questionna sur ce que pouvait bien cacher ses paroles. Il s'agissait selon toute apparence d'une offre inespérée.

— D'accord ! déclara-t-il.

Visiblement satisfait, le roi donna son congé à Merlin, en lui promettant :

— Je te ferai apporter tout ce dont tu as besoin.

Merlin se courba poliment et quitta la tente royale.

De retour auprès de ses compagnons, le jeune druide raconta l'essentiel de sa rencontre avec le roi.

— Tu crois qu'il respectera sa parole ? interrogea Cormiac.

— Il ne peut en être autrement. D'ailleurs, il n'a pas la réputation d'être menteur.

Merlin pria ses compagnons d'être patients, puis il partit s'entretenir avec certains des officiers et conseillers de Childéric afin de mieux connaître quel objet serait à même de satisfaire les désirs du roi.

Au fil de ses rencontres, Merlin remarqua une dame accompagnée de servantes qui observait les jeux de son tout jeune enfant. Derrière elle se tenaient deux gardes lourdement équipés qui assuraient de toute évidence sa sécurité et celle de son jeune fils. Voyant que cette femme portait la croix chrétienne, Merlin s'approcha d'elle en la saluant dignement :

— Que la paix soit avec vous.

Celle-ci lui répondit aussitôt :

— Et vous de même… Sans nul doute, vous êtes le jeune druide breton que le Dux Bellorum Aurèle Ambrosium a adopté comme son propre fils et dont on parle tant ces jours-ci.

Les gardes se rapprochèrent, mais la dame les renvoya d'un geste de la main.

— Oui, j'ai l'honneur d'être son fils, répondit gentiment Merlin.

— Je suis Basine de Thuringes, l'épouse de notre bon roi, et voici notre petit Clovis, l'héritier nommé de Childéric, dit-elle en désignant l'enfant qui devait n'avoir que trois ou quatre ans.

Le garçonnet sautillait joyeusement, les bras entre les cuisses, imitant les sauts d'une grenouille. Mais dans sa course, il entra en collision avec les jambes de Merlin. Plutôt que de pleurer, il se releva, tourna son regard droit vers le seigneur de Cerloise et lui sourit en l'invitant à le prendre. Quelque chose dans l'attitude de l'enfant plaisait à Merlin, qui le souleva aimablement dans les airs, donnant ainsi aux gardes une raison de s'avancer de nouveau. Merlin eut alors une de ses prémonitions : une vision de l'enfant jeune homme, puis plus tard adulte, se matérialisa dans son esprit. Il le vit en prières, à la guerre et gouvernant son peuple d'une main ferme jusqu'à un âge respectable. Merlin sortit petit à petit de son songe et, se dirigeant vers l'épouse du roi, lui remit délicatement l'enfant. Elle prit Clovis avec amour et pivota vers les gardes, insistant pour qu'ils s'éloignent de nouveau.

— On raconte que vous êtes sorcier… reprit Basine de Thuringes. Certains rapportent même que vous conversez avec les elfes et les fées. Mon confesseur m'a pourtant dit que vous aviez reçu une éducation chrétienne et que Dieu lui-même vous avait donné le don de voir l'avenir.

Merlin détourna les yeux un moment.

— Il y a du vrai dans certains de ces dires, confirma-t-il.

— Dites-moi alors…

Basine déposa une main sur le bras de Merlin en signe de confiance. Cela fit réagir ses dames de compagnie, qui tressaillirent.

— J'ai vu que quelque chose s'était passé quand vous avez touché mon fils.

Merlin regarda la femme dans les yeux et, la rassurant, lui dit :

— Votre petit Clovis grandira et deviendra le chef de son peuple à son tour. Il sera un roi ambitieux et puissant, et il vivra longtemps.

— Vous pouvez me le jurez ?

— Je vous le jure.

La reine, manifestement heureuse, embrassa son fils.

— Tu vois, ma petite grenouille, toi aussi tu seras roi… Comme ton père.

Ne voulant pas abuser du temps de la reine ni faire courir de mauvaises rumeurs à son sujet, Merlin prit alors congé d'elle en la saluant, ainsi que ses dames. Mais aussi, une dernière fois, il salua le garçonnet vêtu d'une tunique sur laquelle figuraient les symboles de trois petites grenouilles, tout comme son surnom. Pour Merlin, ce motif ressemblait étrangement à celui d'une fleur.

8

Merlin poursuivit ses recherches sur le roi Childéric et son peuple. Il réussit à apprendre que le roi des Francs désirait effectivement s'affranchir des liens du comte Paul. Childéric ne comprenait pas pourquoi il devait rester inféodé à une puissance qui ne pouvait plus rien faire pour son peuple. Le monarque alla même jusqu'à lui confier :

— Depuis déjà fort longtemps, les peuples fédérés germains et celtes assurent la sécurité de l'Empire. En Occident, cela est encore plus vrai, alors que subsistent seulement la toute petite Rome en Italie et le royaume des Romains au nord des Gaules. Il est maintenant temps pour les Francs d'assurer eux-mêmes leur destinée.

Merlin chercha à en apprendre davantage :

— J'aimerais comprendre votre position face au comte Paul. Dois-je en conclure que vous avez décidé de ne pas l'aider et, comme par le passé, de l'abandonner à son sort ?

— Non, Merlinus Ambrosium, je souhaite bien lui venir en aide, mais je veux le faire comme allié, non pas comme sujet.

— Il pourrait croire que vous êtes revenu sur la parole que vous avez donnée à Aegidius, son prédécesseur ?

— Non ! Pas le moins du monde. Au nom de mon peuple, j'ai juré fidélité à celui-ci et à Rome. Mais il a décidé de rompre le serment qui le liait à Rome, parce qu'il ne reconnaissait pas la légitimité du nouvel empereur. Et nous lui sommes restés fidèles. Aujourd'hui, le comte Paul voudrait se faire le nouvel Aegidius.

La situation devenait plus claire pour Merlin. Le roi Childéric poursuivit :

— Paul veut maintenant que les Francs reconnaissent le jeune fils d'Aegidius, Syagrius, comme le successeur de son père. En vertu de quoi la nomination du chef des milices du royaume des Romains de Gaule est-elle devenue héréditaire ? Comprenez-moi, jeune Breton, mon serment est devenu caduc avec la mort du brave Aegidius et de son dernier empereur. Les Francs sont désormais, comme leur nom le dit si bien en langue francique, « libres » de tout maître.

— Je vois… répondit simplement Merlin. J'aviserai donc le comte Paul qu'il serait plus sage de rester l'allié des Francs plutôt que de les accuser de traîtrise.

Le roi Childéric approuva.

— Faites-lui comprendre raison, jeune Ambrosium. Les Bretons, les Romains de Gaule et les Francs en seront plus forts.

Sur ces mots, Merlin prit congé de son hôte.

Depuis qu'il avait accepté de venir en aide au monarque, Merlin pouvait aller et venir plus librement dans le camp des Francs. Il avait demandé à ce que soient rassemblés quelques symboles de la nation franque. On lui apporta l'angon, la puissante lance d'hast des guerriers Francs, de même qu'une épée franque, une arme à lame légèrement plus longue que le *gladius* romain, qui devenait rapidement le symbole de l'élite guerrière franque convertie au christianisme. On lui présenta aussi des bocaux remplis de terre recueillie aux quatre coins du royaume, ainsi que des jarres d'eau tirées des grands fleuves qui délimitaient les plus importantes frontières des royaumes francs. Mais selon Merlin, il lui manquait toujours quelque chose. Il avait aussi besoin de la couronne du roi, ou, du moins, des symboles que l'on pouvait y voir embossés en surface.

Merlin s'éloigna du camp pour méditer sur la chose, puis il décida de se rendre près de la rive du fleuve voisin. Les gardes discrets de son escorte le laissèrent seul, car ils croyaient que le jeune homme souhaitait prendre son bain. Merlin se pencha sur l'onde et fit aussitôt appel à un miroir des fées. Quelques instants plus tard lui apparaissait le visage de sa douce Ninianne dans le reflet de l'eau.

— Comme il fait bon de te voir, mon Merlin, murmura la jeune fée de sa voix pleine de charme.

— Il est également bon pour moi de te parler, Ninianne.

— Que me vaut cette attention de ta part?

— Je t'ai demandée pour te voir d'abord, avoua Merlin.

Il en profita pour prendre de ses nouvelles, mais aussi pour lui demander conseil au sujet d'une préoccupation...

— Je t'écoute, Merlin, dit la belle fée.

Merlin lui exposa l'épineux problème qu'il tentait de régler pour le roi des Francs.

— Le roi Childéric veut que je lui fabrique un objet de puissance comme celui que nous avons conçu ensemble pour Uther.

— Alors, que comptes-tu faire ?

— J'ai l'intention de satisfaire sa demande, mais j'ai besoin de ton avis.

Merlin lui donna le compte rendu de sa progression actuelle et Ninianne lui fit profiter de sa grande sagesse :

— Sois prudent, Merlin, et ne lui donne pas la clef de la suprématie sur la Bretagne... Le roi Childéric est ambitieux et il pourrait peut-être succomber à la tentation.

Cela donna à réfléchir à Merlin, qui, après un moment, annonça :

— J'ai décidé d'inclure le lys dans l'enchantement. Le roi Franc semble affectionner cette fleur plus que toute autre et je crois même en avoir reconnu la forme sur sa couronne.

— Tu as vu juste, Merlin. Les princes francs saliens portent depuis fort longtemps ce symbole sur leurs parures.

Comme toujours, Ninianne en savait beaucoup sur les peuples voisins de son domaine du Lac. Le seigneur de Cerloise en était fort aise.

— Alors, dis-moi, Ninianne, où puis-je trouver les plus beaux lys pour faire honneur à ce roi ?

— De beaux lys fleurissent presque partout en terre germaine, mais les plus beaux de tous sont près d'Is, la cité forte de mon oncle dans l'île d'Argent. Les lys que l'on y trouve ont de plus une puissante aura magique.

La curiosité de Merlin était soudain piquée à vif. Pour la deuxième fois maintenant, il entendait parler de la mystérieuse île d'Argent. Ninianne lui expliqua qu'il s'agissait d'une île enchantée dont l'accès était situé à une trentaine de lieues en mer de la pointe ouest de l'Armorique. Mais l'île se trouvait en fait dans un repli magique de l'espace, comme le domaine du Lac de Ninianne. C'est d'ailleurs sur cette île que la précédente dame du Lac avait rencontré le seigneur Rivanorr et que leurs noces avaient été célébrées. C'est aussi de là que venait la précédente épouse du seigneur Lac, la dame Lovanorr, la mère de sa demi-sœur Viveanne. Merlin commençait à croire qu'il lui faudrait peut-être se rendre sur la mystérieuse île. Il s'aventura à lui poser une nouvelle question :

— Dis-moi, Ninianne, comment se porte ta sœur ?

Ailleurs en Bretagne, Morgane de Tintagel observait, avec son amie «invisible», sa mère et ses dames de compagnie qui recevaient la visite d'un chevalier du Haut-Roi. Ce dernier était en colère :

— Vous voulez dire, dame Ygerne, que Merlinus Ambrosium et ses guerriers ne se sont jamais présentés à Tintagel ?

— Non, chevalier, je vous l'assure, vous m'apprenez à l'instant qu'Uther, notre bon roi, a décidé de confier ma sécurité à son neveu et aux siens.

— Le roi sera furieux quand il apprendra la nouvelle. Vous comprenez, madame, que bien des ennemis de votre époux voudraient la mort de son héritier.

Le chevalier tourna le regard vers le jeune enfant, qui faisait une sieste dans un berceau d'osier près de la reine, et l'observa un moment. Un frisson parcourut alors Ygerne.

— Peut-être est-il arrivé quelque chose à Merlin ? risqua-t-elle.

— Peut-être, en effet… Mais ne craignez rien, je resterai à Tintagel en attente de nouvelles du seigneur de Cerloise. Je vais aussi envoyer un de mes hommes aviser Uther de la situation.

Le chevalier salua rapidement la reine, ainsi que le druide présent dans la pièce, et partit envoyer son message au roi. Morgane se retourna vers sa compagne et lui demanda :

— Toi, qui vois l'invisible et qui sais presque tout, que saisis-tu de cela ? Où se trouve Merlinus ?

La jeune fée aux cheveux noirs entra en transe un moment, ses yeux se couvrant d'un voile lumineux durant l'exercice. Puis elle reprit son apparence normale et confia à sa jeune complice :

— Le seigneur Merlinus est au camp du roi Childéric des Francs, près de Turnaco. Mais il est sur le point de se rendre sur l'île d'Argent, le lieu que moi et les miens habitons en ce monde.

— M'y amèneras-tu un jour, Viveanne ? interrogea la jeune fille, qui était âgée de neuf ans.

La fée Viveanne saisit tendrement le bras de la fillette humaine et lui répondit :

— Bientôt… Très bientôt, ma chère Morgane… Je t'amènerai aussi auprès de mes sœurs à Avalon.

Merlin était revenu au camp du roi des Francs saliens. Sa conversation avec Ninianne l'avait convaincu d'aller à Is, dans la mystérieuse île d'Argent. Mais le seigneur de Cerloise n'avait pas confié à sa douce que, en plus de vouloir y trouver les lys enchantés, une autre raison le poussait à s'y rendre : Merlin soupçonnait qu'il y dénicherait des reliques ayant appartenu à la précédente dame du Lac.

Une fois dans le camp du roi, Merlin sollicita une audience devant Childéric. On ne le fit pas attendre longtemps et il fut aussitôt conduit auprès du souverain. Après les salutations d'usage, le jeune homme informa le roi qu'il devait se rendre dans un pays lointain du couchant pour récupérer un ingrédient essentiel à la création du symbole qu'on lui avait demandé. Le roi réfléchit un moment et lui dit :

— Si vous devez partir, il en sera ainsi, mais vous devrez laisser vos compagnons ici en otages auprès de moi.

Merlin avait prévu qu'une telle requête pouvait être formulée, car il s'agissait d'une coutume fréquente à son époque.

— Je comprends vos inquiétudes, roi Childéric, mais le succès de mon entreprise dépend aussi de l'aide de mes compagnons.

Le roi réfléchit puis déclara :

— Alors, vous pouvez partir avec deux de vos compagnons, mais les autres devront rester.

Merlin dû se résigner à accepter. Il rejoignit ses amis pour les informer de ses intentions et de la décision du roi. Il fut convenu que Syphelle et Cormiac partiraient avec Merlin, et que le chevalier Marjean et Donaguy resteraient captifs auprès de Childéric.

Une fois de retour devant le roi au moment du départ, Merlin et sa troupe apprirent avec joie qu'on avait mis un navire à leur disposition.

— Vous allez suivre la route de la rivière et vous rendre jusqu'à Gesoriacum. Une fois sur place, un navire vous y attendra pour vous conduire vers le couchant.

— Merci, bon roi Childéric, nous serons de retour incessamment.

— Autre chose, Merlinus Ambrosium... J'ai demandé à Arnulf ici présent de vous accompagner.

Merlin avait déjà noté la présence du jeune chevalier.

— Mon bon et fidèle «Arno», comme on l'appelle entre nous, saura compenser l'absence de votre brave Marjean.

Le chevalier Marjean salua chaleureusement le roi pour sa prévoyance, ainsi que celui qui allait le remplacer.

— Autre chose encore, Merlinus, annonça le roi des Francs. J'ai aussi décidé de garder avec nous votre compagne Syphelle.

9

Malgré toutes les doléances que Merlin présenta, il ne réussit pas à changer l'opinion de l'impitoyable roi Childéric. Il dut enfin s'admettre impuissant devant la décision finale du monarque. Les compagnons qui partaient firent donc leurs adieux à leurs deux amis, une fois Merlin rassuré que le roi les traiterait comme des otages de marque.

— Ne crains rien, le rassura Marjean. Je prendrai soin de notre amie durant ton absence.

— Reviens-nous vite ! ajouta Syphelle, courageuse.

Cependant, Merlin perçut en elle le doute et la crainte au sujet de l'avenir. Il entra alors en transe et, satisfait de voir que ses compagnons feraient encore partie de sa vie, il les rassura :

— Nous nous reverrons bientôt, mes amis.

Le chevalier Marjean et Syphelle furent visiblement soulagés. Merlin, Cormiac et Donaguy partirent finalement sous les salutations du roi et de sa cour, qui leur souhaitaient bonne route.

Une ombre s'était tout de même glissée entre les hommes et le chevalier franc qui les accompagnait. Cet

« Arno » était sans aucun doute là pour espionner les Bretons et pour leur rappeler leur engagement envers le roi Childéric. Mine de rien, Cormiac s'approcha de Merlin et lui confia :

— Si tu veux qu'on s'occupe de lui, fais-moi signe, en imitant un coup de tête comme s'il voulait assommer quelqu'un.

Merlin ne s'étonna pas de la confidence de son ami ; il voyait aussi la même détermination chez Donaguy, qui serrait avec force la garde de son glaive. Mais il apaisa son sergent :

— Ne fais rien pour l'instant. Nous aurons besoin de lui pour nous rendre à Gesoriacum, ensuite on verra.

Merlin devait toutefois avouer que le jeune chevalier, à peine plus vieux que lui et son brave Marjean, ne paraissait en aucun cas préoccupé. Cela montrait soit qu'il était aveugle à la menace qui planait sur lui quant aux sentiments des Bretons, soit qu'il avait une grande confiance en eux ou encore en lui-même.

Arno remplit correctement son rôle de compagnon, et ce, jamais avec arrogance ou menace. Au contraire, il fit tout pour aider ses nouveaux camarades de route à se rendre le plus tôt possible vers la destination où les attendait le navire promis par le roi. Il intervenait dès que le groupe croisait des patrouilles ou qu'il entrait dans une zone habitée pour assurer le passage du groupe. Merlin et ses deux compatriotes remarquèrent comment tous les Francs rencontrés étaient très respectueux de leur « escorte » chevaleresque et qu'ils prêtaient volontiers leur assistance au groupe.

Loin d'être aussi flamboyant que Galegantin ou déterminé que Marjean, le chevalier Arno demeurait calme et assuré. Toutefois, Merlin ne pouvait s'empêcher de se demander pourquoi le roi Childéric avait choisi un si jeune guerrier pour assister une troupe de Bretons vétérans.

Deux jours à peine après leur départ, les compagnons arrivèrent enfin à vue de Gesoriacum sur les rives du fleuve Liane – le lieu même d'où s'étaient embarquées l'armée romaine de César ainsi que celle qui avait envahi la Bretagne 400 ans plus tôt. Mais alors que les voyageurs s'apprêtaient à entrer bientôt dans le bourg, Cormiac sonna l'alerte. Une bande de combattants cachés près de la route surgirent soudainement devant et derrière la troupe en marche.

— Arrêtez-vous, étrangers! hurla leur chef dans un latin grossier.

Le chevalier Arno se retourna vers Merlin et lui révéla :

— Ce ne sont pas là des hommes du roi. Préparez vos armes!

Dès que le chevalier sortit son épée de son fourreau, Cormiac, qui n'avait rien saisi des mots du chevalier, comprit toutefois qu'il ne s'agissait pas d'un contrôle normal de soldats en patrouille. Il leva sa lourde hache au-dessus de sa tête et se prépara à agir.

— Donaguy, protège nos arrières! cria-t-il.

Donaguy se retourna aussitôt en s'approchant de Merlin pour assurer sa défense. Le druide décida alors d'intervenir pour tenter de calmer le jeu, s'adressant calmement à celui qui semblait être le chef des attaquants.

— Nous ne désirons pas que la situation dégénère…

Il s'interrompit subitement, car le chevalier Arno, comme en proie à une panique soudaine, commençait à tirer maladroitement sur les guides de sa monture, comme s'il tentait de la contrôler. Mais celle-ci reculait sans ménagement et se retrouva tout près des trois hommes postés derrière eux.

— Je vais lui venir en aide, dit alors Donaguy à l'intention de Merlin.

— Non… Attends un peu.

Mais Donaguy n'était pas convaincu :

— Tu vois bien qu'ils vont le tailler en pièces avant qu'il ne réussisse à maîtriser son cheval !

Tandis que les assaillants s'avançaient pour se saisir d'Arno et de sa monture de race, celui-ci cessa soudain de se débattre sur son cheval. S'agrippant au cou de son étalon, il lui sifflota un ordre à l'oreille. Sa monture regarda vers la gauche puis vers l'arrière et rua un premier homme, le projetant violemment au loin contre un immense arbre. Le son creux qui se fit alors entendre et la manière grotesque avec laquelle l'homme s'effondra au sol laissa peu à l'imagination. Le chevalier fit ensuite pivoter rapidement sa bête vers sa droite et sa lame taillada un autre des assaillants, juste à la hauteur de ses yeux, transperçant du même coup les protège-joues de son casque. L'homme lâcha aussitôt son arme pour couvrir de ses mains ses yeux lacérés en laissant échapper un juron qui en révéla beaucoup sur ses origines.

— Des Saxons! s'exclama le seigneur de Cerloise. Ce sont des Saxons!

Il n'en fallait pas plus pour faire éclater la colère de Cormiac, qui s'avança d'un pas vif vers un premier rival. Ce dernier, voyant le petit — mais costaud — Breton marcher sur lui, leva son gros bouclier en riant pour résister au coup. Cormiac y abattit sa hache avec robustesse de bas en haut, fendant du coup le bouclier en bois renforcé, comme s'il s'agissait d'un jouet mal fabriqué. La violence du coup avait obligé l'infortuné à appuyer son bras d'arme contre le bouclier pour ne pas perdre l'équilibre, et il ne se trouvait malheureusement pas en position d'attaque. Cormiac profita de cette occasion pour le frapper brutalement au visage à l'aide du manche en frêne de sa hache. L'homme perdit l'équilibre et aussitôt Cormiac s'élança vers un deuxième Saxon. Il avança en poussant un cri, qui fut tout d'abord un grognement sourd avant de se transformer en un affreux hurlement, tout en soulevant sa redoutable hache de guerre. Ayant été témoin de la force du Breton, le deuxième homme se cabra de toutes ses forces derrière son bouclier, en attente du coup qu'il allait recevoir. Mais son chef cria des mots incompréhensibles:

— *Arrtug man!*

Le choc anticipé ne survint pas, mais le Saxon pouvait toujours entendre les agitations de son adversaire, même s'il ne le voyait pas. Il comprit soudainement son erreur. Le valeureux Breton avait converti son élan vertical en pivot circulaire et il le frappait maintenant au niveau des jambes. Le puissant coup de taille de Cormiac lui sectionna la jambe gauche et lui infligea une large blessure sanglante à la deuxième jambe. Le chef des Saxons, comprenant leur déroute, criait à ses hommes de battre en retraite, alors qu'il se retirait lui-même prudemment. Merlin leva doucement la main et se concentra en prévision d'un sort, alors que la monture du chevalier Arno s'élança vers le fuyard. Cormiac dégagea sa hache habilement et, plutôt que de poursuivre le chef des agresseurs, recula lentement pour revenir vers Merlin en jetant des regards de tous les côtés. Pour sa part, Donaguy profita de l'approche de Cormiac pour s'avancer à son tour vers le dernier Saxon du groupe arrière qui était encore en état de combattre. L'homme, qui hésita un moment entre la fuite et l'attaque opta pour la deuxième option, son cri de bataille se mêlant à celui de Donaguy qui chantait la gloire de son Armorique natale, depuis longtemps victime des attaques des pirates saxons. Le choc des coups et des répliques attirèrent le regard de Merlin et de Cormiac.

— Frappe plus bas! cria Cormiac en conseil à son compagnon.

Donaguy avait passé sa vie à s'entraîner à attaquer de haut en bas, une technique essentielle dans la bataille rangée à la romaine. Il appliquait en ce moment le conseil de son ami pour compenser l'expertise du Saxon, qui espérait profiter des défauts de son adversaire en attaquant lui aussi plus bas. Les deux hommes étant à techniques égales, il ne leur restait que la détermination. Donaguy, sûr de l'appui de ses collègues en cas de faille, poussa plus loin l'audace. De son côté, se sachant perdu même en cas de victoire, le Saxon commença à entrevoir la possibilité d'y laisser sa peau ; il n'entendait pas mourir sans emporter au moins son rival. Merlin savait le danger que représentait un adversaire prêt à mourir, et proposa un compromis.

— Donaguy, recule maintenant… Cesse le combat.

Donaguy recula malgré lui et reprit son souffle.

— Rends-toi et tu auras la vie sauve, lança ensuite Merlin au Saxon.

L'homme mit un temps à évaluer sa situation et mouilla ses lèvres par nervosité. Il abaissa enfin ses armes en adoptant une position de soumission. Cormiac se rendit tout de suite aux côtés de Donaguy et força le Saxon à se débarrasser de ses armes et à le suivre. Merlin, qui s'était approché après avoir rassuré sa monture, expliqua :

— Je lui ai promis que s'il se rendait, il aurait la vie sauve, Cormiac.

— C'est ce que j'en avais conclu, Merlin, répondit Donaguy, soulagé de l'issue du combat. Les hommes tournèrent leur regard vers le chevalier Arno, qui revenait vers eux. À la question non verbale des Bretons, il répondit simplement :

— Le chef a refusé de se rendre…

Merlin descendit de sa monture pour constater les faits. Trois adversaires étaient morts, un était grièvement blessé à la tête, et les deux autres, malgré leurs petites blessures, se portaient bien. Le druide aida celui dont le chevalier Arno avait taillé les yeux, le chevalier lui confia que c'était peine perdue.

— L'homme sera condamné à mort de toute façon.

Merlin décida tout de même de lui administrer un baume qui réduirait entre-temps la douleur de ses blessures. Des gardes de la cité de Gesoriacum arrivèrent à l'appel de l'olifant du chevalier Arno et les captifs leur furent remis, sauf celui qui s'était rendu à Cormiac. Après avoir obtenu la promesse d'obéissance de son nouveau prisonnier, Merlin amena le Saxon avec lui et les autres jusqu'au bateau.

Le navire fourni par le roi Childéric prit la mer à la première marée favorable et vogua en direction de l'ouest, jusqu'à Rotomagus, en pays romain. Merlin fit envoyer un message à Galegantin et ses hommes pour que ceux-ci le rejoignent dans les plus brefs délais. Pendant ce temps, le captif révéla à Merlin qu'un espion saxon de la cour de Childéric avait informé son chef qu'un groupe de Bretons voyageait sur la route de Gesoriacum. Ses hommes et lui avaient décidé de capturer les voyageurs et de les ramener en Saxe, où ils auraient été rançonnés, c'est-à-dire retournés en échange d'une somme ou d'une faveur. Les Bretons étaient cependant arrivés à la cité portuaire avant que la bande saxonne puisse être tout à fait rassemblée et la perspective d'une réussite facile s'était transformée en échec pour le petit groupe qui surveillait la route.

Trois jours plus tard, avec beaucoup de retard, la troupe de Galegantin arriva à la rencontre du groupe qui se trouvait déjà sur le navire. Mais à la grande surprise des quatre membres de la bande de Merlin, Syphelle se trouvait aux côtés de Galegantin. Le chevalier gallois connaissait déjà tout de leur séjour auprès du roi Childéric, de l'enchantement sur la guerrière, de la nouvelle mission de Merlin et du sort réservé au chevalier Marjean. Syphelle l'en avait bien informé.

— Le roi Childéric a donc finalement décidé de te laisser partir ? demanda Merlin à l'amazone.

— Euh… pas exactement, répondit-elle.

— Alors, c'est oui ou non ? interrogea Galegantin avec son tact habituel, n'ayant jamais considéré la question.

La jeune femme soupira et s'expliqua ainsi :

— En fait, non… confia-t-elle enfin. Je me suis plutôt échappée de ma captivité.

10

L'aveu de Syphelle troubla Merlin ainsi que le chevalier Galegantin.

— Malheureuse! tonna le grand chevalier. Le roi Childéric peut maintenant faire exécuter le chevalier Marjean. Pourquoi n'as-tu pensé qu'à toi?

La jeune guerrière semblait ne pas saisir les règles concernant les jeux d'otage bien connus de la noblesse. Le jeune chevalier Arno, qui ne maîtrisait pas du tout la langue bretonne, comprit l'enjeu en entendant hurler son confrère. Il s'approcha pour s'interposer entre Galegantin et Syphelle, en prenant bien soin de ne pas toucher la femme.

— Je crois, chevalier, que vous vous méprenez et je ne peux vous laisser agir ainsi envers cette femme en ma présence, déclara-t-il en latin.

Galegantin dévisagea le nouveau et s'avança vers lui jusqu'à ce que leurs torses se touchent. En fait, jusqu'à ce que le torse d'Arno touche le ventre de Galegantin… La scène était assez impressionnante. Le chevalier Galegantin dominait largement, en volume ainsi qu'en hauteur, le petit chevalier franc qui ne semblait aucunement intimidé. Donaguy siffla longuement, puis articula:

— J'en connais un qui va en prendre toute une…

Et les autres Bretons ricanèrent tout bas avec, néanmoins, un brin de retenue.

— Un peu de calme je vous prie, chevalier Galegantin, dit Merlin sur un ton conciliant pour apaiser le colosse, puis il ajouta en latin :

— Je vous présente le chevalier Arno, notre escorte offerte par le roi Childéric.

— Nous sommes bien loin des terres du roi Childéric, Merlin, répondit-il dans la même langue.

Merlin ne fut pas amusé par le ton de son ami.

— Assez, chevalier ! Je ne suis pas votre valet, mais bien le seigneur de Cerloise et des deux tiers de l'Aquitaine !

Merlin ne devait pas laisser planer de doute dans l'esprit du chevalier franc sur l'importance de son rôle dans la troupe, même s'il devait pour cela s'imposer ainsi à son ami Galegantin. Les familiarités d'usage dans le groupe n'avaient pas de place dans le monde de la noblesse, et le chevalier gallois avait commis un faux pas en s'adressant à Merlin de la sorte devant un autre chevalier, un chevalier étranger de surcroît… Galegantin cessa aussitôt son agression envers l'autre chevalier. Il se retourna vers son ami et lui dit :

— Je vous offre mes sincères excuses, seigneur Ambrosium… Notre nouvel ami m'a fait oublier mes bonnes manières.

Satisfait qu'il ait repris la maîtrise de lui-même, Merlin lui assura du regard que l'erreur était déjà oubliée. Galegantin se retourna de nouveau vers le chevalier Arno pour lui expliquer, à une distance respectable maintenant :

— Premièrement, Syphelle n'est pas une simple femme, mais un soldat de ma troupe, et je parle à mes hommes… enfin, à mes soldats, comme il me plaît.

Pendant ce temps, Bredon traduisait la conversation en latin pour les hommes de sa troupe.

— Deuxièmement…

Merlin ne laissa pas son ami continuer ses doléances :

— Peut-être serait-il plus sage de ne pas nous mettre tout de suite à dos le chevalier Arno, mais plutôt de le convaincre de mettre ses bons principes à notre service et de parler en notre faveur au roi Childéric. Il semble d'ailleurs inutile de l'affronter dans une querelle dont il n'est pas le responsable.

Galegantin ne profita pas de la chance que venait de lui donner Merlin, et le druide continua :

— Le chevalier Marjean est peut-être déjà mort à l'heure qu'il est.

Le jeune chevalier Arno était, comme toujours, resté calme et digne de lui. Syphelle, elle, se mordait la lèvre, assaillie par le doute et la culpabilité. Elle déclara alors :

— Tu nous avais pourtant révélé que nous allions tous nous revoir, Merlin. Cela devait sûrement inclure Marjean ? ajouta-t-elle.

Les hommes aperçurent soudain Merlin qui adoptait une pose qui leur était maintenant bien familière : leur chef était en transe pour voir le futur, empruntant une position à la fois introspective et ouverte, comme celle de quelqu'un qui assiste à un grand spectacle sans le voir avec ses yeux.

— Le chevalier Marjean vit encore… Nous le reverrons bientôt, conclut Merlin.

Cela apaisa les tensions des hommes et mit finalement un terme au duel entre le chevalier Galegantin et le chevalier Arno.

Peu après — le navire ayant sans tarder chevauché la mer en direction du couchant —, le chevalier Arno s'approcha de Bredon, qui vaquait à des fonctions d'écuyer.

— Je peux vous parler un instant ?

Bredon tenta de se redresser en gage de respect, mais le chevalier l'arrêta d'un geste.

— Je ne désire aucunement vous empêcher de terminer vos tâches, je veux simplement vous demander… Le seigneur Ambrosium… peut-il vraiment voir l'avenir, comme vous semblez tous le croire ?

— Certes, il le peut, répondit candidement Bredon.

Le jeune chevalier resta pensif un moment, remercia l'écuyer de sa franchise puis il le salua poliment.

— Il est un redoutable adversaire au combat, vous savez, lui lança Bredon, tout en continuant d'huiler et de frotter la pièce d'armure dans ses mains.

Sur ces mots, le chevalier Arno figea, saisissant que Bredon le mettait en garde contre un échange musclé avec le chevalier Galegantin. Il le salua de nouveau, sans se retourner, et ajouta :

— J'en prends bonne note…

Plus tard encore, Syphelle s'adressa aux hommes et leur expliqua enfin pourquoi elle avait fui le roi Childéric.

— Aussitôt que vous êtes partis, le roi a repris de plus belle ses mauvaises habitudes. Le soir venu, j'ai entendu des gens du roi venir vers la tente que je partageais avec Marjean. Notre brave chevalier était à ce moment-là aux latrines. À son retour, le roi Childéric lui a demandé de l'accompagner autour du camp. Marjean a sans doute cru que je serais en sécurité tant qu'il était avec le roi. Mais peu après leur départ, deux hommes du roi sont entrés dans la tente et l'un d'eux a tenté de m'agripper…

— Qu'as-tu fait ? demanda aussitôt Cormiac, qui écoutait toujours avec joie les histoires de dispute.

— Laisse-la parler, idiot ! rétorqua Galegantin. Elle allait nous le dire.

— Oh là là ! Ça va, messire chevalier ? lui dit en retour le sergent de Merlin.

Le druide coupa court à cette querelle en tapant Cormiac sur l'épaule. Galegantin, ne manquant pas de se réjouir du rappel à l'ordre que venait de subir son compagnon, lui offrit un large sourire de satisfaction… jusqu'à ce qu'il remarque le regard sévère de Merlin. Le chevalier feignit l'innocence et prêta de nouveau l'oreille au récit de Syphelle.

— Mon premier réflexe a été de fuir, mais la raison m'a d'abord dirigée vers mes armes, continua la jeune guerrière sur un ton théâtral.

— Bravo, Syphelle ! ajouta Bredon en guise d'encouragement.

— Ensuite ? Ensuite ? s'impatienta Cormiac.

— Ensuite, j'ai esquivé la deuxième tentative du garde. J'ai empoigné mon épée.

Syphelle sauta debout sur ses pieds et sortit sa longue épée scandinave pour reproduire la scène. Les hommes l'écoutaient, captivés.

— J'ai levé mon épée devant moi, pour empêcher l'homme de m'atteindre, et j'ai résisté à ses tentatives… Mais le deuxième homme s'était déplacé sans que je ne le remarque et…

— Et ? s'excita Cormiac, incapable d'attendre la suite.

— Il s'est jeté sur moi et il a essayé de me forcer à lâcher mon épée.

Merlin s'étonna d'un tel geste. Levant la tête, perplexe, il demanda :

— A-t-il réussi ?

Tous attendaient la réponse de la guerrière. Celle-ci, se retournant vers Merlin, marqua une pause, calme et sereine. Elle posa son regard plein de fierté et d'admiration sur le jeune druide et conclut :

— Non, mon seigneur… Il n'a pas réussi. Lentement au début, puis graduellement, il a figé jusqu'à ce qu'il soit complètement immobile… comme s'il s'était transformé en pierre.

Merlin sourit, satisfait.

— Il respirait toujours et il était en vie : je pouvais le constater et le sentir dans mon dos. Mais il ne pouvait plus bouger, semblait-il.

— Et l'autre ? demanda, Galegantin, captivé à son tour.

— Mais laissez-la parler, chevalier, ajouta Cormiac, narquois.

Le colosse lui répondit par un regard lourd de mépris. Jusqu'à ce qu'il constate l'amusement de tous les autres : il était pris à son propre jeu. Merlin donna, encore une fois, un tape sur l'épaule de Cormiac − devinant son rictus − et s'enquit, amusé :

— Et l'autre, Syphelle ?

— L'autre… Il a d'abord reculé, tandis que je m'extirpais de la prise du lourdaud qui me tenait encore. Puis il a pris panique et s'est jeté en dehors de la tente, en criant…

Les compagnons riaient déjà de bon cœur en imaginant la scène.

— Ce n'est pas drôle! s'indigna la jeune guerrière. Il s'est mis à alerter tout le monde dans le camp en criant : «Une sorcière! Une sorcière!»

Les compagnons s'esclaffaient maintenant de plus en plus.

— C'est alors que quelqu'un d'autre a hurlé : «Il faut tuer la sorcière!»

Quelques-uns de ses compagnons cessèrent de rire, les autres pouffant de plus belle.

— Qu'as-tu fait? demanda Merlin pour toute la troupe.

— J'ai ramassé mes choses et j'ai pris mes jambes à mon cou!

— Et le chevalier Marjean? questionna Galegantin sans rire.

— Je me suis dit qu'il ne risquait rien. Après tout, il était chevalier et c'était moi la «sorcière» qu'on voulait éliminer.

Galegantin secouait la tête devant la gravité du geste de Syphelle et il chercha Merlin du regard pour confirmer ses sentiments.

— Certes, ce n'était peut-être pas le bon choix, admit Merlin… Mais je me sens responsable de cela, c'est moi après tout qui ai jeté l'enchantement sur Syphelle.

Merlin fit une pause en fixant le regard de la femme avant de se retourner vers son ami herculéen.

— Imagine-toi à sa place, Galegantin, pourchassé par une meute qui aboierait : «À mort la sorcière!»

Même le colosse ne pouvait plus s'empêcher de rigoler en voyant la scène que Merlin venait de décrire. Il conserva toutefois un peu de dignité avant de déclarer, convaincu :

— En tout cas, je n'aurais pas fui…

— Peut-être pas le chevalier, mais «la sorcière», oui… ajouta Cormiac en pouffant.

Et tous se fendaient en deux en imaginant, grâce à la description qu'en fit Donaguy, une scène avec, comme personnage principal, une énorme «sorcière» aux allures de Galegantin fuyant les lieux en déchirant les toiles des tentes et en jetant à terre les clôtures, les bêtes et les hommes sur son chemin, laissant ces derniers immobiles au sol et se demandant ce qui s'était passé… Même les marins sur le pont, ainsi que le chevalier franc et le Saxon captif, s'étaient laissé emporter par le rire, ne comprenant pas un traître mot de la langue bretonne, mais savourant les imitations des Bretons qui se dilataient la rate.

Le navire fit bonne voile pendant quelques jours et arriva à la cité portuaire de Darioritum en Petite Bretagne. Merlin ne put s'empêcher d'avoir une pensée pour sa mère qui se trouvait quelque part au-delà des limites de ce pays, ainsi que pour Faucon, qu'il avait rencontré dans cette même région, à une courte distance de là, un peu plus au nord. Faucon n'avait toujours pas répondu à ses appels occasionnels et restait, pour une raison inconnue, terré dans le pays des nuées…

Après une nuit passée à Darioritum, les compagnons s'embarquèrent sur un autre navire capable de les amener, plus à l'ouest encore, sur la grande mer. Le premier navire les attendrait pendant un certain temps afin de les ramener aux pays des Francs à leur retour. Mais avant de partir, Merlin rendit la liberté au guerrier saxon.

— Que nos chemins, si jamais ils se croisent de nouveau, soient plus paisibles.

Le Saxon remercia Merlin de sa générosité et disparut aussitôt au sein de la foule bigarrée de la cité portuaire.

Le navire quitta presque aussitôt la capitale vénète en direction de l'ouest. Les hommes et les bêtes s'étaient habitués à se faire bercer par les flots, et tous avaient bon espoir que la recherche de la mystérieuse île d'Argent s'avérerait une chose facile. Merlin se garda bien de montrer son incertitude quant à leurs chances de réussite. Il avait demandé au capitaine de s'éloigner le plus possible des côtes, de façon à ne plus les voir. Mais une fois en haute mer, des vents contraires et défavorables se mirent à souffler, obligeant le bateau à faire du surplace.

Après trois jours sans réelle progression, le capitaine proposa pour la première fois au seigneur de Cerloise de rebrousser chemin. Avec l'aval de ses hommes, Merlin s'isola et chercha dans la méditation la réponse à leur dilemme : continuer ou revenir bredouille. Ses interrogations le poussèrent à tenir davantage compte du vent en tant qu'élément. Puis il tenta d'entrer en contact avec une entité fondamentale de cette matière qui pouvait constituer la clef du problème. Mais ses tentatives furent vaines. Après deux jours de méditation, le capitaine lui proposa pour la deuxième fois de retourner à bon port. Merlin ne voulait pas abandonner ainsi la partie. Il souhaitait plus que jamais satisfaire les demandes du roi Childéric, mais aussi retrouver des objets ayant pu appartenir à la précédente dame du Lac. Comment pouvait-il encore résister à l'impatience qui grandissait chez les hommes d'équipage ou, encore, aux questions de Galegantin et de Cormiac, eux-mêmes marqués par l'inquiétude des autres ? Merlin prit alors la décision de s'en remettre à une plus haute autorité, comme il l'avait fait par le passé. Il évoqua la puissance ancienne des éléments tels que les druides les concevaient, appelant les neuf éléments à son aide afin que lui soit dévoilé le chemin vers l'île d'Argent. Il se permit même d'ajouter une discrète prière au Père Éternel afin que celui-ci lui prête main-forte. Toutefois, il prit garde de n'être ni vu ni entendu de personne, ne voulant en aucune manière offenser les esprits anciens qui gardaient le secret de l'île d'Argent.

Merlin se rendit ensuite auprès du capitaine et lui demanda de cesser de lutter contre les vents.

— Si nous faisons cela, le navire retournera vers les côtes de Gaule.

— Soit, s'il en est ainsi... Mais d'abord, promettez-moi qu'aucune manœuvre ne sera effectuée avant que le navire soit à une lieue des côtes.

Le capitaine acquiesça à sa demande. Pendant plus d'un jour, le navire dériva, parfois dans la direction du levant, parfois dans celle du couchant, jusqu'à ce qu'enfin les côtes du continent réapparaissent. Mais alors que le navire s'approchait de la partie ouest de la Petite Bretagne et que les marins se préparaient à reprendre les manœuvres pour s'assurer de la maîtrise de leur navire, un épais banc de brume se leva et menaça de s'abattre sur eux.

— Il faut appareiller rapidement, seigneur Ambrosium, avant qu'il ne soit trop tard.

— Non! Pas encore, capitaine. Vous avez promis.

— Si la brume se lève, nous sommes perdus.

— La nuit est calme et le vent discret. Ayez confiance!

— Je veux bien, mais si j'aperçois un feu sur la côte, ou encore si j'entends des vagues se briser sur un rivage, nous reprendrons la maîtrise du navire.

Merlin réfléchit quelques instants et accepta ce compromis. Après tout, il ne pouvait demander aux marins de risquer leur vie pour lui. Il se soumit à contrecœur aux désirs du capitaine et attendit la suite. Étrangement toutefois, nul feu ne brilla à l'horizon et nul son de vagues s'écrasant sur la côte ne se fit entendre. Après un court laps de temps, la brume prit possession du navire, et bientôt l'embarcation reluisait d'une mince couche humide. Cela ne rassura en rien les hommes. Mais au même moment, les sens aigus de Merlin lui permirent de constater que le navire se déplaçait doucement, comme mû par une force invisible...

11

Par le passé, Merlin avait déjà senti une force surnaturelle tirer un navire dans lequel il se trouvait. Il mit donc ses hommes en garde contre un éventuel épisode semblable à celui où il avait fait la rencontre de la terrible reine Mahagann. Ses compagnons s'armèrent puis se postèrent stratégiquement, alors que le navire poursuivait sans cesse sa course. La nervosité laissa place à l'attente... À l'attente et à l'ennui...

Soudain, tous les passagers, sauf un, sombrèrent mystérieusement dans le sommeil. Merlin, bien éveillé, lui, ne pouvait voir ses compagnons à cause du brouillard. Il les croyait prêts à toute éventualité, attendant comme lui le lever du jour. Mais lorsque les premiers rayons du soleil percèrent à travers le brouillard, le jeune druide constata une étrange manifestation : la brume qui lui avait semblé bien ordinaire durant la nuit prenait maintenant une forme qui réveilla en lui le souvenir d'un phénomène qu'il avait déjà observé alors qu'il traversait les lugubres plaines du monde des ombres.

La manifestation était semblable à une frange massive de lumière descendant en longs filaments, tombant comme un vaste rideau luminescent vers les limites sombres de la mer au loin devant lui. Merlin se souvint que c'est par ce chemin lumineux entre les mondes qu'il avait fui le domaine des ombres lors de son premier passage en ce lieu quelques années plus tôt et qu'il s'était sauvé dans le monde des nuées. Se pouvait-il que ce même chemin touche aussi son propre monde, «le monde du milieu» comme on le nommait dans le cercle des druides?

Mais alors que le navire pénétrait le voile luminescent, Merlin s'endormit à son tour. Il rêva alors du pays doré où il avait passé de beaux moments avec son amie Ninianne, ainsi qu'à Faucon qu'il avait laissé, le temps d'un hiver, dans le monde des nuées. Ce moment de repos lui fit le plus grand bien parce que, contrairement à ce qui se passait en lui dernièrement, ses songes étaient agréables et non tristes. Il se réveilla brusquement, le premier à reprendre conscience sur le navire. Son sommeil n'avait duré qu'un court instant, et il se tenait toujours appuyé au bastingage. Se redressant, heureux, car encore sous l'emprise de ses doux rêves, il aperçut à travers les brumes les contours d'un rivage inconnu. Merlin remercia le ciel de cet agréable dénouement, puis se rendit aussitôt auprès de Galegantin et de Cormiac pour les tirer du sommeil.

Après un certain temps, la brume commença à s'éclaircir et la vue d'une contrée, de toute évidence bien réelle, se révéla lentement à lui. Cormiac s'approcha alors et s'écria:

— Merlin, impossible de réveiller les hommes d'équipage du navire, pas plus que le chevalier Arno!

— Que veux-tu dire, Cormiac?

— Je ne peux l'expliquer, mais ils dorment profondément et rien ne réussit à les perturber.

Merlin tourna aussitôt son attention vers les autres passagers du bateau et vit par lui-même que les hommes de sa troupe étaient les seuls à être éveillés. Il tenta en vain de sortir le capitaine de sa torpeur, sans toutefois user de magie, car cela pourrait avoir des effets inattendus dans cette brume chargée d'ensorcellement. Cette précaution lui rappela justement qu'il avait déjà émis une aura d'enchantement sur chacun de ses compagnons, mais, bien entendu, pas sur les marins ni sur le chevalier franc. Peut-être cette résistance plus grande au sommeil était-elle un effet de l'amitié qui unissait maintenant ses hommes et lui aux peuples ondin et elfe? Même les bêtes des Bretons étaient réveillées.... Tout cela laissait Merlin perplexe, non pas quant à la cause du phénomène, mais bien quant à sa raison d'être. Alors qu'un débat d'idées s'opérait dans l'esprit du jeune druide, Syphelle s'exclama:

— Regardez là-bas! Il y a des gens sur ces rochers.

Tous les hommes éveillés regardèrent dans la direction qu'indiquait Syphelle et y distinguèrent trois formes à peine visibles dans la lumière naissante du soleil levant. Merlin les scruta plus encore et put constater qu'elles semblaient suivre leur navire du regard.

— Ce sont des femmes... déclara-t-il.

— Comment peux-tu en être certain à cette distance?

Merlin en fut lui-même surpris. Comment pouvait-il voir des formes aussi éloignées avec autant de précision? Toutes ces années passées avec Faucon lui avaient-elles permis d'acquérir la vue perçante de son compagnon ailé? Normalement, seule la présence de l'oiseau pouvait lui donner un «surplus» de sensibilité.

Merlin leva la main en signe de salut et vit qu'une des silhouettes sur la rive lointaine lui rendait la pareille. La force mystérieuse qui semblait mouvoir le navire continuait à tirer l'embarcation loin de ce qui se révéla être une première et grande île. «Il y a donc plusieurs îles, ici…», nota Merlin. Cette première île lui semblait plutôt ordinaire, à part pour les arbres massifs et majestueux accrochés aux falaises rocheuses qui trahissaient une appartenance inconnue.

Le reflet des femmes devenant diaphane, Merlin dirigea son attention vers une seconde île qui se dessinait au loin, et de laquelle le navire et ses passagers s'approchaient maintenant. Ce nouveau rivage contrastait de beaucoup avec celui de la première île. La pierre y semblait plus blanche et éclatante que sur la première et des reflets chatoyants émanaient par mille sources dès que luisait la lumière cachée du soleil. Si la brume s'était presque totalement dissipée de l'endroit où flottait maintenant le navire, elle semblait s'être déplacée vers le haut, couvrant l'ensemble du paysage comme s'il s'agissait d'un premier ciel, une sorte de bouclier contre l'ardeur resplendissante du soleil. Mais au lieu d'une pénombre habituelle sous un ciel couvert, la fibre même de l'air paraissait rayonner d'une poussière lumineuse qui conférait un aspect argenté aux contours de toutes les formes que l'archipel renfermait.

— L'île d'Argent! annonça Merlin. C'est à cause de ce phénomène de lumière qu'on la nomme ainsi.

Et il montra les spécimens les plus représentatifs qui s'offraient à son regard : là, un gros rocher couvert de mousse, dont la partie supérieure brillait de l'éclat caractéristique de l'île ; et plus loin, un arbre titanesque scintillant dont la base même semblait plus grande qu'un cercle formé par tous les membres de la troupe. D'innombrables exemples s'offraient encore à eux lorsque le navire tourna enfin comme par magie autour d'un cap rocheux moiré de reflets, dévoilant au groupe les contours d'une magnifique cité fortifiée.

— Est-ce BelleGarde? demanda Bredon, émerveillé par la perfection de la construction.

— Je crois plutôt qu'il pourrait s'agir d'Is, répondit Merlin, la cité du roi elfe nommé Revenne, le frère aîné du seigneur de BelleGarde.

Les compagnons restèrent ébahis encore un moment devant ce spectacle tandis que leur navire se rendait par lui-même jusqu'à un quai de pierre non loin de l'étrange et fascinante forteresse. La troupe se rassembla sur un côté du navire, près de Merlin, et tous aperçurent un petit attroupement : deux gardes elfes, portant des armures d'un beau cuir bleu, tenaient la garde d'honneur à un groupe d'hommes et de femmes, sept pour être exact, qui semblaient attendre l'arrivée des voyageurs. Deux des elfes entreprirent de lancer des câbles d'amarrage aux Bretons, tandis qu'un troisième, agile comme un singe de Tingis, grimpa sur la coque du navire et sauta sur le pont avec la grâce d'un fauve. Il effectua, avec un large sourire au visage, les manœuvres que la troupe de Bretons semblait incapable de faire. L'elfe demanda ensuite aux Bretons et à Syphelle de rejoindre les autres sur le quai.

La troupe descendit sur la terre ferme et reçut l'accueil des émissaires du peuple elfe d'Is. Une jeune et jolie petite elfe s'avança et se courba dans une révérence si gracieuse qu'elle fit pâlir de gêne Merlin, Galegantin et Bredon; quant aux autres, ils restèrent éblouis par la beauté et l'élégance de l'exécutante. Merlin comprit alors pourquoi ses tentatives de révérence avaient toujours amusé son amie Ninianne. En comparaison de la magnifique salutation de son hôtesse du moment, Merlin semblait se tenir le ventre de douleurs et pencher en titubant par-devant comme s'il était trop saoul pour se tenir droit lorsqu'il tentait la manœuvre! Même Galegantin et Bredon étaient troublés de se sentir maladroits comme de vulgaires paysans devant ces êtres à la grâce et à l'apparence impeccables. Et comme si cela ne suffisait pas, ladite personne prit la parole dans un breton si parfait qu'il aurait pu être celui du grand maître des druides lui-même :

— Bienvenue, voyageurs de Bretagne… Bienvenue dans la blanche cité d'Is. Mon prince, Revenne aux Boucles d'Argent, souhaite que vous l'honoriez en acceptant son hospitalité.

Un silence s'abattit sur le groupe. Galegantin bougea le premier, mais il se tourna, hésitant, vers Merlin. Le jeune seigneur de Cerloise étant le plus habitué à la magnifique beauté elfe, il reprit vite le contrôle de lui-même en répondant :

— En mon nom et en celui de mes compagnons, je vous remercie de votre accueil galant. Nous sommes nous-mêmes honorés par l'offre de votre seigneur et l'acceptons avec grand contentement. Et je dois m'excuser de ne pas être en mesure de vous rendre la révérence de manière aussi courtoise que vous ; je me borne donc à vous dire en mots que nous vous la rendons très humblement, à vous comme à ceux qui vous accompagnent.

La splendide elfe sourit avec une pointe de surprise et ajouta simplement :

— Je vous prie donc de me suivre.

Et elle se retourna dans un geste si divin que le temps sembla s'arrêter un moment, ses longues robes obéissant à des lois surnaturelles en reprenant place autour de son corps parfait, avant d'ouvrir la marche devant la troupe. Merlin courba légèrement la tête devant les autres elfes en attente et demanda au premier qui se tenait devant lui :

— Et les autres marins ?

— Ils seront en sécurité en attendant la fin de leur sort, lui répondit une elfe d'une belle voix mesurée.

Merlin ne montra aucun signe d'étonnement. Il regarda simplement Galegantin pour lui confirmer que tout était normal, puis il se mit en marche. Donaguy se pencha à l'oreille de Cormiac et lui soupira en roulant des yeux d'admiration :

— Est-il possible de s'opposer à ce qu'elle demande… ?

Syphelle, pour sa part, se tourna vers Bredon et lui confia, presque triste :

— Est-ce seulement une perception que j'ai, ou les gens de ces peuples fées sont-ils toujours de plus en plus beaux ?

Et enfin Jeanbeau, une larme à l'œil, murmura, convaincu :

— Je ne pourrai plus jamais en aimer une autre…

Merlin vit la dame elfe se retourner légèrement et sourire gentiment, sans se faire voir de Jeanbeau. Les hommes marchèrent ainsi un moment, devancés par la belle dame et suivis par les autres qui les avaient accueillis, tandis que d'autres elfes encore de la cité s'arrêtèrent pour les observer jusqu'à ce qu'ils pénètrent dans la forteresse. Puis, de cette entrée jusqu'à la porte d'un grand bâtiment, les compagnons avancèrent en s'émerveillant à chaque pas de la beauté des habitants et des constructions qui les entouraient. Le cortège entra finalement dans une grande salle d'audience où les attendait, immobile, un petit elfe aux longs cheveux bouclés, blancs, presque argent, prenant place sur un petit promontoire taillé dans un bloc de pierre qui ressemblait à du jade. La dame elfe le présenta aussitôt d'un geste fort révérencieux :

— Le seigneur Revenne, prince d'Is et gardien de l'île d'Argent…

12

— Soyez les bienvenus à Is la Blanche, humains de Bretagne. J'ai entendu parler de vous par mon cher frère, Rivanorr de BelleGarde. Je crois reconnaître le seigneur Merlin de Cerloise, celui qu'on surnomme aussi «l'Enchanteur de Bretagne», ainsi que le cheva-lier Galegantin, seigneur de Rocedon… Si vous êtes ici en amis, nous sommes heureux de vous y accueillir.

Le seigneur Revenne s'était adressé à eux dans un breton impeccable.

Merlin s'approcha devant les hommes et les présenta au seigneur. Après quelques familiarités d'usage, le prince d'Is questionna enfin Merlin :

— Je dois avouer que votre présence ici m'intrigue, jeune humain. «Elle» vous a amenés ici par le voile de Sillion, alors que vous êtes encore en état de conscience, ce qui est très rare… Mais qu'espérez-vous faire ou trouver sur l'île d'Argent ?

Merlin, perplexe, l'interrogea à son tour :

— «Elle» ? Mais de qui parlez-vous, noble prince ?

— De l'île, bien sûr, c'est «elle» qui vous a permis d'entrer par le voile et qui a tiré votre navire, par-delà l'île d'Avalon, jusqu'à nos rives.

Merlin ne comprenait pas tout à fait, mais ses vastes connaissances du savoir druidique l'avaient exposé à toutes sortes de théories. Selon certaines idées reçues, un animal ou une plante – mais aussi une forêt, une plaine sauvage ou une montagne – pouvait posséder son propre état de conscience. C'était un peu comme si la somme de toutes les petites consciences qui la composaient entraient en relation pour passer à un mode supérieur afin de régir tous les éléments de ce nouveau niveau et en influencer le cours. Alors, pourquoi pas une île?

Mais la mention de l'île mythique d'Avalon le surprit bien plus encore. «Elle se trouve donc tout près», pensa-t-il.

— Nous sommes ici pour deux raisons, noble prince. Nous espérons d'abord cueillir quelques lys blancs des environs de votre belle cité. Ma dame Vivianne du Lac m'a confié qu'ils étaient les plus beaux de tous. Je cherche pour ma part à les utiliser dans un nouvel enchantement que je prépare. Ensuite, je suis à la recherche de reliques ou de restes ayant appartenu à l'épouse du votre frère, le seigneur Rivanorr, soit la précédente dame du Lac.

Le prince Revenne sembla soudain très intéressé par les dires du jeune homme.

— Il est vrai que les lys des environs d'Is comptent parmi les plus beaux qui soient. J'envoie donc immédiatement quelqu'un vous en cueillir.

Il bougea à peine le bout du doigt pour qu'un elfe parte sur-le-champ s'assurer que la chose soit faite. Le prince d'Is la Blanche poursuivit :

— Mais… Pourquoi donc chercher des restes corporels de la dame Myripale Evianne Theanselan ?

La voix troublée du prince elfe trahissait son grand intérêt pour ce point.

— J'ai appris comment vous et vos hommes l'aviez sauvée des griffes du fourbe Ymir et, pour cela, mon amitié vous est acquise, reprit-il. Mais je ne peux comprendre ce que pourrait vous apporter un tel butin.

Merlin expliqua donc, pour la première fois, le plan qu'il avait imaginé depuis son étrange rêve quelques semaines plus tôt. Il raconta au prince Revenne que dans les vallons d'Hyperborée se trouvait un lieu enchanté nommé les couloirs wendiques. Cet endroit avait la réputation de régénérer les corps des géants des glaces après leur trépas. Pour ce faire, il suffisait d'apporter les restes d'un géant pour que les étranges effets se manifestent et que le corps se recompose. Ensuite, l'esprit immortel égaré du géant pouvait retrouver le chemin jusqu'à Hyperborée et, de là, jusqu'aux couloirs wendiques pour qu'il réintègre son nouveau corps.

— Vous voulez dire, mon ami, que tous les morts que nous avons faits là-bas sont réanimés maintenant ? s'étonna, comme tous les autres, le chevalier Galegantin.

— Je le crains, en effet, répondit Merlin. C'est d'ailleurs pourquoi nous avons reçu l'aide d'un des géants d'Hyperborée durant notre mission là-bas. Il savait bien que nous ne pouvions tuer les siens pour de bon. Voilà pourquoi il nous a permis de nous en prendre à ses frères. C'est grâce à lui que je connais l'existence des couloirs wendiques.

— Je comprends, déclara solennellement le prince Revenne. Vous voulez rassembler le plus grand nombre de reliques de la dame Myripale et espérer que son corps soit reconstitué par les pouvoirs des couloirs magiques dont vous me parlez !

— Oui, en effet, j'ai bon espoir que la nature enchantée des restes de sa personne sera, comme pour celle des corps des géants des glaces, à même de réveiller le miracle des effets des couloirs wendiques.

Le plan de Merlin était très audacieux et le prince d'Is décida d'y méditer pendant un instant. Il donna ensuite congé à ses visiteurs humains et les fit conduire dans une vaste chambre aménagée avec tous les conforts possibles. Des vivres leur furent apportés et on leur offrit de faire nettoyer leurs effets. Galegantin demanda à prendre un bain et ordonna que tous en prennent un aussi, et ce, même si, comme disait Jeanbeau : «il en avait déjà pris trois ou quatre depuis la fête sacrée d'Imbolc, à la fonte des neiges…»

Il va sans dire que tous furent émerveillés par l'accueil du peuple elfe de l'île d'Argent, une hospitalité qui dépassait largement, par son faste et son luxe, les plus riches générosités des coutumes romaines.

Le soir venu, on invita Merlin à se rendre auprès du groupe qui avait accueilli sa troupe à son arrivée et on lui décrivit tout ce qui avait pu être rassemblé du passage de Myripale Theanselan dans l'île d'Argent. Merlin apprit de son hôtesse, la dame Isalinass, celle-là même qui avait conduit les hommes à la cité, comment le seigneur Revenne avait été le premier des deux frères à s'éprendre de l'ondine Myripale. Le prince d'Is la Blanche lui avait longuement fait la cour et l'avait reçue à de nombreuses reprises dans sa belle cité. Mais, semble-t-il, c'est à cette époque que Myripale avait fait la rencontre du seigneur Rivanorr, alors l'époux de la superbe dame elfe Lovanorr de Vaïné. Bien qu'elle cherchait à être heureuse avec le prince Revenne, plus elle passait de temps sur l'île d'Argent, plus elle se sentait attirée par le frère de son prétendant. Consciente qu'elle ne pourrait jamais garder caché son triste secret, elle refusa de se marier et de devenir la princesse d'Is, préférant retourner dans son val du Lac.

C'est seulement plusieurs années plus tard qu'un événement terrible secoua la société de l'île d'Argent. La dame Lovanorr connut une fin prématurée et tragique dans un terrible événement magique. L'incident avait été si effroyable qu'il avait failli prendre la vie de sa fille Viveanne, qui l'accompagnait en cette occasion, en même temps qu'elle-même. Mais, miraculeusement, la jeune elfe survécut. Et c'est durant les fastes funérailles de Lovanorr que Myripale Evianne Theanselan remit enfin les pieds sur l'île d'Argent. Durant tout ce temps, le seigneur Rivanorr avait toujours senti une attirance réciproque pour la dame Myripale, mais il s'était bien gardé de révéler cet attrait à quiconque. Son épouse une fois décédée, sa passion pour la dame ondine se réveilla à son arrivée à la cour de son frère sur l'île d'Argent. Rivanorr et Myripale se retrouvèrent libres enfin de se fréquenter, mais ils attendirent encore bien longtemps avant de faire connaître publiquement leurs intentions à cet effet.

— Combien de temps ? s'enquit Merlin, captivé.

— Une année complète... Une année elfique, bien sûr, soit quatorze ou quinze des vôtres, jeune humain.

Le jeune druide comprenait bien, puisqu'il était aussi de mise dans la coutume bretonne de faire de même à la suite de la mort d'un proche.

— Mais permettez-moi de revenir sur les tristes funérailles de dame Lovanorr, maître Merlin. Chez les elfes, la tradition veut que les parentes et amies féminines se coupent les cheveux en signe de deuil et les déposent auprès de la tombe du défunt.

Merlin saisit tout de suite.

— Et dame Myripale a coupé les siens pour les déposer sur la tombe de dame Lovanorr ?

— Tout à fait.

Merlin hésita un moment et demanda :

— Votre peuple serait-il offusqué que j'aille me les procurer ?

— Normalement, oui... lui dit Isalinass. Mais si cela peut rendre son épouse au seigneur de BelleGarde, je crois bien que le peuple elfe vous le pardonnera, ajouta-t-elle avec un magnifique sourire qui rappela celui de Ninianne.

Merlin quitta ses hôtes et se rendit informer ses compagnons qu'ils partaient le lendemain pour l'endroit dont lui avait parlé Isalinass. Celle-ci avait fourni des instructions détaillées et Merlin était convaincu qu'il retrouverait facilement le chemin. Il laissa ses hommes se reposer en préparation pour leur nouvelle expédition et alla se promener à la recherche d'un endroit tranquille.

La cité d'Is possédait de superbes jardins, mais Merlin désirait encore plus de quiétude. Il trouva donc le chemin de la forêt voisine. En effet, pour le peuple des elfes, la forêt dont ils étaient issus ne se trouvait jamais bien loin. D'ailleurs, celle-ci prenait naissance à quelques dizaines de pieds romains des murs mêmes de la cité et s'étalait tout autour du faubourg, au-delà de sa muraille. Merlin y dénicha un petit coin qui lui plut et s'y installa pour entrer en transe méditative et communier avec l'énergie de l'île. Grâce à la vie riche et somptueuse qui l'entourait, il récupéra ses forces plus vite que s'il avait dormi, et ressortit de sa transe reposé et vivifié.

Au petit matin, le jeune druide rejoignit ensuite la troupe dans la cité. Galegantin était déjà prêt. À l'arrivée de Merlin, il ordonna aussitôt les préparatifs de départ et la troupe prit le chemin de la grande place de la cité, puis, de là, celui de la porte principale vers l'extérieur. À cet endroit, un groupe d'elfes les attendait. Un de ceux-ci, rappelant la corpulence des soldats de BelleGarde, s'approcha et se présenta dans un breton acceptable :

— Je suis Athanas Longbras et mon seigneur Revenne me demande de servir de guide pour diriger votre troupe vers le Malvallon.

C'était bien l'endroit que la dame Isalinass avait identifié pour Merlin sur une carte de l'île d'Argent. L'elfe Athanas continua en désignant un autre de ses congénères, les bras chargés de fleurs magnifiques à l'odeur fortement musquée.

— Voyez les beaux lys qu'a fait cueillir le seigneur Revenne pour vous ! Ils seront gardés au frais et vous seront remis à votre retour.

Merlin s'avança pour mieux les contempler et entra dans une transe de détection de magie. Il constata immédiatement la puissante aura des lys, qui dépassait leur magnifique beauté. Il les toucha doucement en murmurant dans la langue des anciens dieux, comme il était de coutume chez les druides : « … Merci, bel être végétal, de m'offrir le meilleur de toi… » Les elfes se regardèrent et partagèrent de subtils sourires d'approbation. Légèrement inquiet de ces regards, Merlin se retourna vers Athanas, qui le rassura aussitôt :

— Vous démontrez l'ancien savoir et le respect de la vie. Vous serez un ami apprécié de notre peuple.

Merlin observa les autres elfes et comprit leur attitude chaleureuse et respectueuse… Il s'était une fois de plus rapidement fait des alliés.

Peu après, la troupe salua les elfes et entama son périple vers Malvallon, guidée par l'elfe Athanas.

Le sentier qui menait au Malvallon était une jolie route de cailloux ronds et polis comme des galets de rivière. La troupe dut d'abord traverser une vaste forêt dont les arbres géants dépassaient en taille ceux aperçus en bordure de l'île. Leur cime était si haute qu'elle se perdait dans les brumes flottant au-dessus de l'archipel. Cette forêt se nommait Blancbois et était le «jardin» à partir duquel le bourg d'Is tirait tout ce dont il avait besoin. Merlin remarqua des étendues entre les arbres où des légumes étaient cultivés en rangées.

— Comment cela pousse-t-il sans la lumière du soleil? demanda-t-il à Athanas.

— Cela croît très bien grâce à la lumière des arbres, répondit-il en désignant un des géants du doigt.

Merlin nota que, en effet, il émanait de l'arbre une faible luminescence. Il constata aussi que l'elfe plissait des yeux en regardant l'arbre directement, comme s'il fut en plein soleil, alors que les humains y arrivaient avec les yeux grands ouverts et les pupilles faiblement dilatées. Merlin se demanda si les sens de l'elfe n'étaient pas plus sensibles encore que les siens. «Comme ceux des loups», pensa-t-il, pour l'avoir expérimenté plusieurs fois lui-même. Il se rappelait d'ailleurs que les nobles bêtes plissaient également presque toujours des yeux le jour, sauf peut-être quand elles regardaient au loin…

Après un jour de marche, les voyageurs campèrent dans une clairière où dansaient mille petits insectes lumineux en émettant une sorte de mélodie agréable. On pouvait aussi y voir de mystérieuses entités fluorescentes sphériques et colorées qui flottaient d'arbre en arbre, tournoyant quelques fois autour de l'un de ceux-ci, puis sautant à un autre pour recommencer de plus belle.

— Regarde, Merlin! lança Cormiac, remarquant qu'une de ces entités était en fait une petite fée ailée.

La minuscule créature volait en examinant la troupe, parfois rapidement, parfois lentement. Elle les épiait un moment et allait ensuite se cacher derrière un arbre. Après plusieurs rondes de ce jeu, elle décida enfin de se poser sur l'épaule du sergent de Merlin.

— Elle vous a adopté, déclara Athanas. Je ne crois pas avoir déjà vu une «sylvaine» adopter quelqu'un aussi vite.

La minuscule fée haute comme trois pommes avait la peau bleu indigo, les cheveux noirs et brillants, ainsi que de jolies ailes semblables à celles d'un papillon. Ses petits yeux bleus sur bleu et son sourire attachant la rendirent très populaire auprès du groupe.

— Pour mon peuple, c'est signe de grande chance que de se faire choisir par une fée ailée. Il y a fort à parier que vous avez un destin unique, jeune humain.

— Vraiment? rétorqua Cormiac, en regardant Merlin, complice.

— Je vous l'assure. D'ailleurs, demain nous arriverons dans le Malvallon et je mettrais mon arc en gage que nous serons à même de le remarquer...

Cormiac se contenta d'hausser les épaules et de retourner son attention à la petite fée.

Le lendemain donc, la troupe arriva aux limites de Malvallon, un étroit corridor coincé entre de hautes collines sombres et lugubres. Cormiac marchait devant les hommes avec sa nouvelle amie volant non loin au-dessus de lui. Le reste de la troupe suivait nonchalamment derrière, les cavaliers fermant la marche. Merlin avait noté d'importants changements dans la végétation et gardait l'œil sur leur guide depuis un bon moment. L'attitude d'Athanas s'était subtilement modifiée depuis quelques minutes et Merlin s'attendait à ce qu'il s'adresse aux hommes d'un moment à l'autre. Il se concentra pour capter l'attention de Galegantin. «… Allez! Tourne-toi et regarde-moi…», pensa-t-il. Il fit d'abord un essai, puis un deuxième et, au troisième, le colosse, presque deux fois plus impressionnant en cette île, parmi ces minuscules gens, se retourna sans savoir pourquoi pour fixer Merlin. Il resta un instant dans le néant, puis il vit le signe secret que Merlin lui faisait, selon un code établi depuis longtemps entre les compagnons de la troupe. Lentement, Galegantin se mit en mode danger, sans dévoiler qu'il était maintenant prêt à tout. Cormiac avançait pour sa part sans se soucier de rien. Soudain, la petite fée plongea sur lui et s'agrippa à son épaule en lui suppliant quelque chose d'incompréhensible.

— Calme-toi, ma belle, lui dit-il en riant, essayant en même temps de l'apaiser par des caresses.

— *Miochardan nuivan… Atamaate atamaate, Coormiac.*

En entendant son amie ailée prononcer ce qui semblait être son nom, il s'arrêta net. Cormiac fixa les jolis yeux de la petite fée qui, toujours cramponnée à lui, tentait de le tirer vers l'arrière, dans la direction d'où il venait. Soudain, le sifflement d'une flèche se fit entendre. Là, à quelques pas devant lui, là où il se serait trouvé s'il ne s'était pas immobilisé quelques secondes plus tôt, Cormiac vit une flèche plantée dans le sol.

13

La troupe maintenant en alerte, chacun saisit ses armes et se prépara à combattre. Galegantin cria aussitôt à ses compagnons vulnérables aux flèches ennemies de se retrancher :

— En arrière, tous !

Puis un second ordre résonna :

— Derrière le petit groupe d'arbres, là-bas ! Mettez-vous à l'abri ! lança à son tour Cormiac, jetant un regard en direction de Bredon, qui approuva de la tête.

Merlin tarda à se replier ; il se leva légèrement en selle et leva le menton comme une bête humant le vent pour y déceler quelque chose.

— Merlin, pourquoi ne t'écartes-tu pas avec les autres ? lui demanda Galegantin, plaçant sa monture devant celle du seigneur de Cerloise, bouclier levé, et signalant à Bredon de lui apporter sa première lance.

L'elfe Athanas, qui ne s'était pas éloigné non plus, s'approcha à son tour de Merlin.

— Je cherche à savoir pourquoi la flèche a raté Cormiac, répondit calmement le jeune druide.

— Tu l'as vu comme nous, Merlin, c'est l'intervention de la petite fée ailée qui lui a sauvé la vie.

— Non, je ne crois pas, chevalier…

Merlin jeta son regard dans celui de l'elfe. N'y décelant rien, il braqua ses yeux sur ceux de son compagnon.

— Chez les druides, il est raconté que les peuples fées, tout particulièrement les elfes, sont inégalés dans le maniement des armes à projectile… comme les arcs, les javelines et les dards. Je ne crois pas qu'un archer compétent puisse manquer son tir, à moins que cela n'ait été volontaire.

— Quoi ? De quelle entourloupette parles-tu encore ? Les arcs, les elfes…

Le chevalier se rappela soudain qu'il se trouvait présentement en pays elfe et que son ami, en tant qu'initié du savoir druidique, connaissait bien des choses qu'il ne partageait pas avec les non-initiés.

Cormiac accourut auprès d'eux, satisfait que les hommes et Syphelle fussent à une distance sécuritaire. Il marmonna, essoufflé :

— Merlin, tes ordres ?

Calmement, Merlin lui fit signe d'attendre, puis il se tourna une fois de plus vers l'elfe Athanas.

— Alors ? C'est vous le guide, après tout !

L'elfe prit le temps de regarder au loin et déclara :

— Ils sont au moins sept, peut-être plus. Nous devrions peut-être abandonner et retourner à Is.

— Y chercher des renforts ? Inutile ! affirma Galegantin, sûr de lui.

— Non, ajouta à son tour Merlin. Je doute que nos adversaires nous veuillent du mal. D'ailleurs, à qui avons-nous affaire, Athanas ?

— Ce sont les elfes noirs de Malvallon. Ils vivent dans cette région sombre de l'île d'Argent et ils sont les gardiens du cimetière elfe de Montmort.

— Quoi ? tonna Galegantin. Il y a des gardiens ? Pourquoi ne nous en a-t-on rien dit ?

— Vous ne nous l'aviez pas demandé, répondit simplement Athanas.

Merlin s'avança alors jusqu'à l'endroit où était plantée la flèche. Il brandit le bras droit pour signaler quelque chose à ses compagnons et, dans un mouvement de va-et-vient de l'autre bras, il leur dit :

— Que personne ne dépasse cette limite !

Puis à Athanas :

— Et maintenant, j'aimerais que vous nous serviez d'interprète.

Le guide s'approcha et, feignant de craindre les traits des elfes noirs, il demanda :

— Que voulez-vous que je communique à vos adversaires ?

Merlin nota qu'il avait dit «vos adversaires» et non pas «nos adversaires»… De toute évidence, pour leur guide elfe, ces elfes noirs ne constituaient pas des ennemis.

— D'abord, dites-leur que nous ne leur voulons aucun mal. Nous sommes prêts cependant à défendre nos vies.

L'elfe transmit les paroles de Merlin en s'adressant d'une voix forte aux herbes hautes et aux fourrés des collines de Malvallon. Mais rien ne trahissait la présence des elfes noirs. Merlin tourna alors son attention vers Cormiac, mais plus particulièrement vers la petite fée qui l'avait adopté. Elle flottait paisiblement au-dessus du guerrier, comme si l'incident survenu un peu plus tôt n'avait jamais eu lieu, semblant ne plus sentir de danger imminent. Satisfait, Merlin fit signe que tout était revenu à l'ordre et Cormiac ordonna à la troupe de se regrouper. Les Bretons et la femme des Hautes-Îles se rassemblèrent donc, toujours sur leurs gardes, mais cette fois-ci dans le bon ordre et dans le calme. Puis Merlin s'adressa à Athanas :

— Dites-leur que nous attendons leur émissaire pour parlementer.

L'elfe s'exécuta et les compagnons guettèrent la réponse…

— Pourquoi tardent-ils tant à nous faire signe ? demanda Galegantin, qui commençait à s'impatienter.

Leur guide haussa les épaules et répondit :

— Comment le savoir… Ils finiront bien par se manifester ou par nous envoyer quelqu'un. Ou… peut-être pas.

Agacé, Galegantin fit une grimace et le groupe s'installa donc au milieu du chemin pour attendre encore…

Après plusieurs heures, la nuit s'installa et, avec elle, s'ouvrit le bal des êtres lumineux de l'étrange pays des fées. Comme la nuit précédente dans la forêt de Blancbois, cette région couverte d'arbustes et de hautes herbes devenait le théâtre d'une grande activité. Des insectes chantant par milliers, des petits êtres lumineux, mais aussi d'autres à la peau sombre, des lutins des champs, des fées lucioles, de ridicules créatures mi-crapaud, mi-poisson et de nombreuses autres espèces encore interagissaient dans une cacophonie et un spectacle fluorescent qui captivèrent les visiteurs. Athanas répondait aux questions des hommes et nommait pour eux les différentes créatures qui s'approchaient de leur groupe disposé en cercle de bataille. Mais il n'y avait toujours aucun elfe noir à l'horizon. Puis, à un moment donné, la menace d'une insolite bande d'insectes commença à inquiéter les voyageurs. Merlin se concentra afin de lancer un sort aux bestioles. Subitement, de la poussière lumineuse venant des arbustes et des herbes environnants se rassembla en une couronne flamboyante qui tournoyait aussi haut que la longue lance de Galegantin. Elle entoura le groupe de compagnons et les isola le temps que l'essaim d'insectes choisisse de prendre une autre direction.

La troupe attendit ainsi jusqu'au lendemain. Chacun effectua des tours de garde, comme d'habitude, laissant à tous le temps de se reposer un peu.

Quand le matin arriva finalement, Merlin décida qu'il était temps de forcer l'action de leurs adversaires invisibles. Il informa ses compagnons de ses intentions et se rendit à l'endroit où était tombée la flèche lancée la veille, mais le projectile avait disparu. Il imagina que, durant le guet de la nuit, un elfe téméraire s'était approché sans être vu ni entendu et qu'il avait récupéré sa flèche pour ensuite disparaître sans laisser de traces de son passage. Moins certain maintenant de ce qu'il avait cru être la limite de Malvallon, Merlin décida de risquer le tout pour le tout.

Il examina d'abord la fée qui volait toujours aux côtés de Cormiac. Ne percevant pas de signe d'inquiétude chez elle, il déclara simplement :

— Athanas, accompagnez-moi, je vous prie. Les autres, attendez ici un moment.

L'elfe le rattrapa aussitôt et les deux voyageurs s'avancèrent loin dans l'entrée du vallon. Maintenant assuré d'être seul avec son guide, Merlin lui demanda :

— Ils sont partis, n'est-ce pas ?

L'elfe lui répondit par l'affirmative.

— Quand cela ? s'enquit Merlin.

— Dans la nuit d'hier, juste après que l'un d'eux ait récupéré sa flèche, tel que vous venez de le remarquer…

— Nous pouvons continuer, maintenant ?

— Oui, nous le pouvons.

Merlin comprenait que toute cette mise en scène n'avait été qu'une sorte de test.

Les elfes avaient depuis toujours considéré les humains comme une race belliqueuse et impatiente, et ils avaient provoqué cet incident pour mesurer la qualité des intentions du groupe. En refusant de s'en prendre aveuglément à un adversaire invisible et en faisant preuve d'une patience mesurée face à l'inconnu, les compagnons de la jeune race mortelle avaient passé cette épreuve.

Le seigneur de Cerloise siffla un signal de rassemblement et la colonne de voyageurs se reforma à l'instant même pour poursuivre sa route vers le cimetière de Montmort.

Arrivés dans l'étrange lieu de sépultures, les compagnons bretons et leur amie nordique découvrirent de somptueuses sépultures de pierre finement sculptées et ouvragées disposées entre des arbres et des bosquets de plantes fleuries.

— Ici reposent les malheureux qui n'ont pas effectué le «dernier voyage» et qui ont connu une fin prématurée.

Devant l'incompréhension des Bretons, le guide elfe continua :

— Pour nous qui sommes de la vieille race, la mort n'est pas une chose normale. Nous vivons depuis toujours et constamment en bonne santé, et seul un grand chagrin ou une blessure mortelle peuvent séparer notre esprit de notre enveloppe corporelle. C'est dans ce cimetière que sont enterrés sur l'île d'Argent ceux de notre peuple qui ont connu une telle fin.

Le guide les conduisit jusque devant une magnifique sépulture sur laquelle reposait la statue d'une elfe d'une beauté saisissante dans une pose de repos éternel, avec comme compagne — également sculptée — une jolie fée ailée pleurant couchée sur son corps. Le chagrin que dépeignait cette sculpture était d'une si grande profondeur que les Bretons eux-mêmes en furent touchés. Athanas avait lui aussi du mal à cacher la peine que les lieux causaient en son for intérieur, ses yeux s'arrêtant sur de nombreux tombeaux tout aussi tristes. Sans nul doute, il connaissait presque tous ceux qui y reposaient. Les visiteurs demeuraient si absorbés dans leurs contemplations qu'ils n'avaient pas remarqué qu'ils étaient encerclés par une vingtaine de formes sombres et sveltes.

Merlin fut le premier à flairer une présence autour d'eux. Ses sens fortement développés, de même que sa capacité à sentir l'influence des objets magiques, lui révélèrent que ses compagnons et lui n'étaient plus seuls. Sans les regarder, il dit d'une voix forte, mais paisible :

— Ne bougez surtout pas ! Gardez le calme, mes amis, les elfes noirs se sont joints à nous.

Aussitôt, les autres notèrent à leur tour les nouveaux venus. Malgré sa surprise, chacun réussit à rester en partie tranquille et à ne pas bouger trop brusquement. Merlin poursuivit :

— S'ils nous avaient voulu du mal, nous serions sûrement déjà à leur merci. De plus, je crois que ces lieux proscrivent l'usage des armes et de la violence.

Les elfes noirs semblaient confirmer sa pensée par leur attitude respectueuse. Même la petite fée près de

Cormiac ne semblait aucunement affolée. Un des elfes noirs s'avança au-devant des autres et s'approcha de Merlin, sans faire le moindre bruit. Il était un peu plus grand que les elfes de la région d'Is. Sa peau était presque blanche, tout comme ses longs cheveux, et il était vêtu de vêtements aux tons sombres, mais de superbe fabrication. Merlin le salua poliment et fit signe à Athanas de lui servir d'interprète.

— Dites-lui que nous le remercions de nous avoir permis de nous rendre jusqu'ici. Je le salue, lui et les siens, au nom de tous mes compagnons.

Athanas traduisit les paroles bretonnes dans la très compliquée langue elfe et retourna les questions du nouveau venu.

— Que cherchez-vous en ces lieux sacrés, étrangers? Êtes-vous venus vous recueillir sur la sépulture d'un ami ou pour piller les trésors de Montmort?

— Nous désirons récupérer les cheveux que la dame Myripale Evianne Theanselan a déposés sur la tombe de la dame Lovanorr de Vaïné.

— Vous n'êtes donc pas ici pour l'or, les pierres précieuses et les joyaux? Seulement pour des mèches de cheveux?

— Seulement pour cela.

— Pourquoi désirez-vous reprendre ce qui a été offert jadis?

En guise de réponse, Merlin décida de jouer la carte de la raison:

— La dame Myripale a certes jadis offert ses longues boucles rouges, selon votre tradition. Mais elle a dû abandonner à son tour la vie charnelle, son esprit ayant été arraché de son corps. Je souhaite pour ma part rassembler les parties encore existantes de son corps, et peut-être lui redonner un vaisseau charnel qui soit le sien, plutôt que de la laisser confinée à un vaisseau emprunté.

Les explications claires de Merlin donnèrent lieu à une compréhension quasi immédiate de la part de ses interlocuteurs. Le chef des elfes noirs se retourna vers les siens et accueillit leurs votes silencieux. Il fit enfin signe au guide Athanas pour lui signifier qu'il allait parler de nouveau :

— Nous accédons à votre demande, jeune humain. L'honnêteté dont vous avez fait preuve nous permet de croire en vous… Prenez ce que vous êtes venus chercher ici, mais rien d'autre.

Merlin comprit le sens exact des paroles de l'elfe noir et songea à la manière d'honorer la permission qui lui avait été donnée. Il observa attentivement la tombe de la dame Lovanorr de Vaïné et, n'y voyant aucune mèche de cheveux, il porta son attention sur un coffre de pierre au pied du lit mortuaire.

— Athanas, je ne vois aucun cheveu sur la sépulture de la dame Lovanorr. Ai-je raison de croire que ce petit coffre au pied de la statue constitue le récipient des offrandes ?

Athanas lui confirma que oui. Merlin s'en approcha et l'inspecta. Il entra en concentration et, par la manipulation élémentaire de la terre, dégagea le couvercle du coffre sans le briser. Ensuite, avec l'aide de Galegantin et de Cormiac, il l'ouvrit minutieusement, ce qui dévoila une multitude d'objets, les uns précieux et les autres ordinaires, dont de longues mèches de cheveux.

Une vision qu'il avait eue de la mère de son amie Ninianne quelques années auparavant avait révélé à Merlin que la précédente dame du Lac arborait des cheveux roux : on pourrait même dire rouges. Le jeune druide reconnut donc facilement les mèches rousses de Myripale Evianne Theanselan parmi d'autres cheveux. Par une autre manipulation élémentaire, plus complexe cette fois-ci, Merlin réussit à extraire tous les cheveux rouges de la défunte reine ondine, et seulement ceux-ci, avant de les regrouper sur le dessus du tombeau de pierre. Merlin saisit de l'amas une petite mèche de cheveux de l'ondine et la redéposa dans le coffre. Il demanda à ses compagnons de le refermer avec soin, puis effectua une nouvelle manipulation pour sceller le coffre de nouveau. Il récupéra enfin son sac fée et y plaça les cheveux encore brillants et lustrés de la mère de son amie Ninianne, lesquels il avait rassemblés dans un autre petit sachet de lin fin. Ayant terminé, il demanda au chef des elfes noirs s'il avait bien respecté le sens de la permission qui lui avait été donnée.

— Vous avez fait bien plus encore, jeune humain. Vous avez récupéré l'objet de votre convoitise, mais avez maintenu le sens de l'offrande de celle qui a jadis laissé ses mèches rouges en laissant derrière une petite partie de celles-ci, sans même prendre un seul cheveu des autres. Vous vous êtes montré digne de notre confiance et pouvez quitter ces lieux avec vos amis sans crainte de représailles.

— Nous vous remercions de votre collaboration et désirons nous retirer dès maintenant afin de redonner à ces lieux toute la quiétude qu'ils méritent.

Après quelques salutations silencieuses, la troupe quitta Montmort et la région de Malvallon.

14

Le chemin du retour s'effectua dans le recueillement. En effet, une fois passées l'anxiété provoquée par la rencontre de la troupe d'elfes noirs et l'euphorie de la découverte par Merlin des cheveux de la reine ondine, la troupe fut de nouveau en proie au sentiment de deuil intense que produisaient les tombes finement décorées des allégories de tristesse des elfes d'Is. Affligé, l'elfe Athanas était légèrement détaché du peloton. Les Bretons comprenaient que les émotions étaient fortes chez le peuple elfe, plus encore que chez les peuples celtes – dont les Bretons faisaient partie – qui étaient considérés comme les grands émotifs des peuples du monde connu de Rome.

Après une demi-journée de marche, le cimetière loin derrière eux, la bonne humeur revint au sein des voyageurs. Si l'attendrissement avait une grande emprise sur eux, leur joie de vivre naturelle les caracté-risait plus que tout. Cormiac chanta avec ardeur quelques refrains de randonneurs et les autres l'accom-pagnèrent volontiers, y compris Syphelle, maintenant habituée elle aussi aux chants de Bretagne. La petite fée ailée et le guide Athanas semblèrent ravis de l'expé-rience. Quand l'enthousiasme de Cormiac s'estompa enfin, c'est justement Athanas qui prit la relève. Sa voix remarquable et la finesse des mélodies elfes captivèrent les Bretons. Cormiac entreprit même de faire un duo avec l'elfe, ce qui eut pour effet de les rapprocher l'un de l'autre. Bientôt, les deux marchaient en tête du groupe, échangeant longuement ensemble, au point où Merlin s'intrigua de la teneur de leur conversation.

Quelque temps plus tard, alors que tout semblait calme et que la troupe progressait de façon satisfaisante, Athanas s'arrêta net. Il se pencha vers le sol, cherchant du regard à travers les cailloux lisses. Cormiac leva le bras et, aussitôt, la troupe s'immobilisa, chacun assumant leur position de bataille. Merlin, Galegantin et Bredon rejoignirent l'elfe. Intrigué, Galegantin demanda :

— Qu'est-ce qui se passe ?

— Notre ami Athanas a vu quelque chose d'anormal sur le sentier, répondit Cormiac.

Toujours penché vers le sol, l'elfe scrutait tantôt la route, tantôt les herbes de chaque côté. Il se redressa enfin et se tourna vers Merlin :

— Il faut quitter le chemin… Une bande de träulls est en maraude.

— Des quoi ? fit Galegantin, étonné.

— Des träulls, ou *trolls,* comme disent certains… Ce sont des chasseurs redoutables en proie à une faim sans répit. Ils mangent de tout et presque en tout temps. Ils chassent en petites bandes dans les bois des régions australes de l'île d'Argent, mais il est extrêmement rare de les retrouver si loin au nord.

— Que suggérez-vous de faire, alors? s'enquit Merlin.

— Il faut nous diriger par là-bas et espérer ne pas les rencontrer. Nous tenterons d'éviter les collines et, avec un peu de chance, nous pourrons suivre la limite du nord de l'île jusqu'à Is sans les croiser.

Galegantin toisa l'elfe et lui demanda:

— Vous croyez qu'ils oseraient s'attaquer à une troupe armée comme la nôtre?

— Ils le feraient sans hésiter, même si nous comptions deux fois plus d'hommes.

— Et quelles seraient nos chances, advenant une attaque? l'interrogea Merlin.

L'elfe jeta un rapide coup d'œil sur l'ensemble de la troupe et, cachant mal ses impressions, il déclara:

— Ça n'augurerait rien de bon…

Galegantin sembla douter de l'évaluation de l'elfe. Quant à lui, Merlin se demandait pourquoi le guide semblait montrer une certaine nervosité.

— Qu'est-ce que vous pouvez nous dire qui pourrait nous être utile si l'on devait se mesurer à eux, maître Athanas?

L'elfe le dévisagea. Après une courte réflexion, il affirma:

— Ils ne peuvent pas être tués… Les blessures qu'ils subissent régénèrent rapidement. Leur haleine fétide décourage les plus vaillants guerriers et fait tourner la tête de leurs adversaires...

Cette description eut un effet-choc sur les compagnons. Galegantin resta imperturbable et, défiant, voulut savoir :

— Ils possèdent bien un point faible, ces träulls ?

— Ils ne redoutent rien, mais le feu leur cause d'atroces lésions.

— Et la magie ?

— Ils sont presque invulnérables à la magie, jeune mage. Leur nature enchantée leur offre une puissante résistance à tout ce qui est dérivé du pouvoir magique.

Cette révélation laissa Merlin pensif, tandis que le chevalier Galegantin grogna avec défi en ajoutant :

— En tout cas, mes amis, si un träull se met dans mon chemin, je lui ferai goûter au métal de Durfer.

Pour donner plus de portée à son assertion, le chevalier tira sa lame devant lui en montrant les dents. Athanas allait ajouter quelque chose, mais son regard croisa la lame bleutée du chevalier, ce qui le fit se raviser. L'elfe se tut et prit le devant du bataillon.

Bredon fit signe à Cormiac de s'occuper des hommes avant de rejoindre Galegantin, qui partit en patrouille pour s'assurer qu'aucun des étranges omnivores ne traînait dans les parages.

La nuit tombait rapidement dans le Malvallon et les hommes devaient se reposer un peu. Lorsqu'il réintégra le groupe, Galegantin demanda à leur guide de trouver un endroit pour établir leur camp. Les compagnons s'installèrent et Cormiac établit des tours de garde. Mais après avoir terminé la corvée de bois en compagnie de Jeanbeau, il revint dans le camp et s'informa si quelqu'un n'avait pas vu sa petite fée. Comme personne ne savait où elle se trouvait, Cormiac dut admettre qu'elle était sans doute retournée parmi les siens. Il lui fallut reconnaître que sa nouvelle amie lui manquait déjà. Le cœur gros, le guerrier sortit le cadeau qu'il avait reçu du seigneur de BelleGarde quelques semaines plus tôt. Cormiac s'installa à même le sol et entreprit de faire tourner dans ses doigts la petite fleur de cuir en se demandant une fois de plus ce qu'elle pouvait bien cacher. Tout comme ses compagnons, il avait presque abandonné sa routine habituelle pour en chercher le secret. Les dernières semaines avaient été bien remplies, et les échecs répétés des précédentes tentatives pour comprendre à quoi servait l'objet exactement avaient émoussé son intérêt pour la chose. Il cherchait maintenant à oublier le départ de sa petite « Sylvianne », comme il l'avait baptisée, mais aussi la menace probable des träulls dans la région. C'est au moment où il était perdu dans ses rêveries qu'il fut surpris par un brillant éclat de lumière. La petite fleur qu'il serrait dans sa main avait soudainement explosé dans un feu d'artifice de poussière d'étoiles, et le tout s'était déposé en un amas près de sa couverture de voyage. Quand sa vue lui revint, Donaguy et Syphelle se tenaient près de lui.

— Tu as réussi à ouvrir ton présent, Cormiac ! lui annonça son ami.

Cormiac regarda l'amas solidifié de poussière fluorescente devant lui. Il reconnut les contours d'une paire de gants de cuir ainsi qu'une merveilleuse hache finement fabriquée. Il saisit d'abord la hache et en mesura l'équilibre. Il fut étonné qu'un si fragile instrument soit si lourd. Car, bien que d'apparence moins robuste que sa hache de combat, la nouvelle arme était tout aussi lourde. Merlin et les autres s'approchèrent à leur tour, tandis que l'elfe Athanas lança :

— Une hache de guerre elfe. Quel étrange présent ! Seuls les guerriers les plus costauds de l'armée de la Lune la manient.

Cormiac, stupéfait, demanda :

— *La* Lune ? Vous voulez dire *le* Lune ?

— Non, mon ami, pour nous les elfes, contrairement à vous Bretons, la lune est du genre féminin. Elle est notre dame dans la nuit.

Cormiac haussa les épaules et récupéra les gants. Il les enfila puis il montra, dans une habile passe d'arme, une partie de son savoir-faire avec la nouvelle hache. La démonstration fut de courte durée. En effet, Cormiac, dont les mécanismes guerriers avaient été éveillés par l'exercice, fut le seul à noter la forme gigantesque qui s'avançait rapidement et en silence vers le groupe. Il hésita un instant, mais quand l'hideuse créature humanoïde ouvrit grande la gueule et étendit ses griffes pour saisir Jeanbeau, il leva sa nouvelle hache au-dessus de sa tête et la lança par-dessus ses compagnons, droit dans le front de l'agresseur. D'abord surpris comme les autres, Athanas suivit la course de la grande hache. Lorsque la terrible créature tomba à la renverse, la hache de guerre encastrée dans le crâne, emportée par la puissance du coup, le guide cria :

— Un träull ! Armez-vous !

Mais alors qu'il sortait de nulle part un grand poignard à la lame bleutée et qu'il s'élançait vers le träull pour l'attaquer à son tour, Athanas fut étonné de voir que la créature ne bougeait plus. Il n'hésita tout de même pas longtemps avant de couper les articulations de l'assaillant pour le démembrer.

— Il faut lui faire le plus de blessures possible… recommanda-t-il à ses amis. Sa régénération sera plus longue.

Merlin s'avança pour observer. Il entendit alors le cri monstrueux d'un deuxième träull qui s'apprêtait à attaquer. Le nouvel assaillant arrivait du côté inverse de son confrère et se dirigeait directement sur Cormiac, qui était maintenant sans arme. Donaguy voulut récupérer la vieille hache de son sergent pour la lui lancer, mais Cormiac lui tourna le dos et tendit le bras en direction du träull terrassé.

Donaguy vit la hache de guerre elfe — toujours enfoncée dans le crâne de la créature à ses pieds — commencer à briller intensément, puis à disparaître… pour réapparaître dans la main de Cormiac, profondément surpris de cette propriété magique soudaine.

Le guerrier pivota sur lui-même pour faire face à l'assaut du nouvel attaquant. Cormiac sentit les tremblements causés par les puissants sabots du coursier de Galegantin, puis il vit la longue lance du chevalier entrer dans son champ de vision, la pointe de l'arme déchirant les chairs de la cage thoracique de l'horrible träull. La lance y pénétra profondément, emportant la bête sur le côté en raison de l'élan du cheval, mettant ainsi fin à l'attaque. Pendant ce temps, un troisième träull s'avançait en évitant de trop s'approcher des flammes du feu de camp des voyageurs. Merlin le vit et entra aussitôt en transe. Il réveilla rapidement le pouvoir de manipulation élémentaire au combat et, puisant à même le feu, il lança une salve de flammes vers le träull. Les flammes arrosèrent généreusement la créature verdâtre, rôtissant la surface de ses chairs, mais le sort n'eut pas tous les effets désirés. La créature hurla d'abord de terreur, mais, réalisant que la manipulation n'avait pas le même effet qu'une flamme réelle, elle tourna un œil cruel vers Merlin et esquissa un malin rictus de colère. Le druide comprit toute la portée de la résistance magique du träull qui était une fois et demie la taille du colossal chevalier Galegantin.

— Cormiac, occupe-le, cria-t-il, tandis qu'il se dirigeait vers le feu.

C'est à ce moment que Merlin s'aperçut que les blessures de la toute première créature commençaient à se refermer et à guérir. Le phénomène allait plus vite qu'il ne l'aurait cru. Athanas constata à son tour ce qui se produisait et hurla :

— Vite, il va se réveiller !

Les combattants disponibles se jetèrent sur le träull pour le taillader de toutes parts. Au grand soulagement de l'elfe, les armes des guerriers bretons − normales en apparence − possédaient les propriétés d'enchantement nécessaires pour nuire à la créature. «C'est sans doute pour cela que ces humains avaient si confiance en eux-mêmes », pensa l'elfe.

Merlin entra de nouveau dans une profonde transe pour faire appel à la petite entité de flamme qu'il avait rencontrée pour la première fois sur Thulé l'automne précédent.

Maintenant à pied, Cormiac et Galegantin tenaient en respect le dernier träull arrivé. Un puissant coup de taille du chevalier fit tôt de trancher le bras gauche de son adversaire. Loin de se laisser abattre, l'hideux träull rendit aussitôt la pareille à Galegantin en le frappant violemment de son autre main griffue. L'armure du chevalier le protégea du coup, mais l'attaque de la créature laissa de profondes lacérations dans sa belle cuirasse et projeta le colosse quelques pas plus loin. Le träull récupéra ensuite son membre tranché à l'aide de son autre main et le remis en place, sa blessure se refermant presque aussitôt. Une dizaine de battements de cœur plus tard, Galegantin se remit du choc de sa chute et sauta sur ses jambes, le bras du träull étant de toute évidence prêt à l'attaque. Cormiac, d'abord figé sur place par la surprise du phénomène, entra enfin en action et, d'un geste précis et brutal, il décapita la créature avant qu'elle n'attaque à nouveau. Il se dirigea ensuite vers celle qui avait été empalée par la lance de Galegantin et qui avait déjà repris le combat. De son côté, Merlin n'avait pas perdu son temps. L'entité de flamme qu'il avait appelée répondait maintenant à sa requête. Il sortit de sa transe pour voir le träull massif décapité s'accroupir, chercher sa tête à tâtons, la retrouver, puis la remettre sur ses épaules et attendre que la plaie guérisse. Le chevalier Galegantin arrivait à sa hauteur quand la petite entité de flamme apparut au milieu de leur feu de camp pour demander dans l'ancienne langue :

— Merlin de Moridunum, mon ami, pourquoi as-tu fait appel à moi ?

— J'ai besoin de ton aide contre ces créatures, se justifia-t-il en désignant du doigt les träulls. Elles craignent le feu et tu pourras faire beaucoup plus contre elles que nous tous ensemble.

L'entité de flamme, à peine aussi grande que la fée ailée de Cormiac, s'approcha de son adversaire désigné en sautillant.

— Comment espères-tu qu'une aussi petite créature s'oppose à cette gigantesque aberration ? s'enquit Galegantin.

En guise de réponse à la question du chevalier, la petite entité commença à prendre du volume et à grandir pour devenir aussi grande que lui. La chaleur de sa flamme devint alors si puissante que les compagnons de la troupe durent reculer pour se protéger de ses effets. Ce qui semblait dangereux pour les humains et l'elfe parut toutefois catastrophique pour les träulls, et leur légendaire cruauté laissa place à une épouvantable terreur. Ceux qui en étaient encore capables s'enfuirent sans se soucier des autres. Bientôt, la créature en pleine régénération, celle-là même qui avait reçu la première attaque et le plus grand nombre de coups, se retrouva seule. Elle commençait à peine à reprendre conscience et cherchait à se relever. Merlin s'approcha prudemment d'elle. Il sortit son poignard à lame noire et le plongea avec détermination dans le torse de la créature. Aussitôt, la vie l'abandonna et le träull s'effondra inerte sur le sol, la guérison de ses blessures s'arrêtant du même coup.

Le combat terminé, l'entité de flamme reprit son aspect miniature et retourna, toujours en sautillant, auprès des flammes du feu de camp. Elle connaissait trop bien les effets que sa puissance pouvait avoir dans une telle région boisée et ne désirait pas être à l'origine d'une guerre entre son peuple et le peuple magique des elfes. Merlin se retourna vers la flamme animée et la remercia sincèrement. Athanas avait vu des centaines de batailles dans sa longue vie, mais il n'aurait jamais pensé qu'un seul homme puisse appeler à son aide un prince du feu élémentaire. Qui pouvait bien être cet humain, entouré de guerriers impavides et munis d'armes enchantées ? Si la vue d'une hache de guerre elfe entre les mains d'un humain l'avait d'abord étonné, il était encore plus surpris par la longue épée d'acier elfe du chevalier et par l'étrange poignard à lame noire du jeune druide qui pouvait souffler en un instant la vie d'un être apparemment invincible. On ne lui avait pas tout révélé sur cet homme et sa joyeuse bande de compagnons.

15

Cormiac fit le tour du camp avec Galegantin pour s'assurer qu'ils n'avaient plus à craindre la menace d'autres träulls, pendant que Bredon s'occupait du coursier du grand chevalier. Pendant ce temps, Merlin se rendait auprès de chacun de ses compagnons pour s'assurer qu'aucun d'eux n'était blessé. Il rejoignit enfin Galegantin et lui demanda :

— Et toi, chevalier, comment te portes-tu ?

— Je vais bien, ne t'en fais pas… L'avantage des armures lourdes, c'est que les blessures sont plus légères.

— Bois quand même cela, tu te sentiras mieux.

Galegantin accepta le philtre de guérison, trahissant un léger inconfort sous sa grosse cuirasse.

— Ce maudit träull a bousillé ma belle armure !

— Laisse-moi voir ce que je peux faire…

Merlin déposa ses choses et plaça les mains sur le torse cuirassé du colosse. Il se concentra et passa lentement les doigts d'une main au-dessus des entailles de l'armure. Le druide en manipula la matière au moyen de sa magie, lui redonnant presque l'apparence et la résistance d'avant. Il en profita pour ajuster la pièce d'armure avec plus de précision sur son ami.

— Comment fais-tu cela, Merlin ?

— Je palpe la matière métallique avec le pouvoir magique et je peux ainsi lui faire prendre la forme que je désire.

Il termina son travail et frappa un bon coup dans la cuirasse de Galegantin.

— Voilà ! Elle est presque comme neuve.

Le chevalier jeta un coup d'œil sur l'œuvre de son ami et marmonna :

— Diableries… Maudites diableries druidiques !

Puis il se rendit auprès de sa monture en secouant la tête.

Merlin retourna ensuite auprès du corps inanimé du träull et de l'elfe Athanas, qui avait vu le prodige de Merlin. Le guide lui dit :

— Un enchanteur, un druide et maintenant un mage… Décidément, vous recelez plein de secrets, jeune maître.

Merlin lui répondit par un sourire, puis dégoûté par l'odeur fétide de la créature, il lança :

— Cette puanteur est vraiment horrible !

L'elfe confirma de la tête. Merlin, se ressaisissant, lui demanda :

— Aucune blessure, maître Athanas ?

— Non, aucune, le rassura l'elfe. Vos hommes ont bien combattu. Et toutes ces armes enchantées… ajouta-t-il, en désignant d'un geste large l'arsenal des compagnons de Merlin.

Il voulut sortir le poignard de Merlin du corps sans vie du träull et le lui remettre, mais lorsque sa main toucha la poignée de l'arme noire, une forte douleur le saisit brusquement. Athanas retira sa main en jurant. Merlin, intrigué, pria l'elfe de lui montrer sa main. Après une seconde d'hésitation, l'elfe lui présenta la paume de sa main, qui laissait voir une effroyable brûlure. Les deux êtres se regardèrent dans les yeux, l'un aussi étonné que l'autre.

— Cela ne s'est jamais produit avant ? s'informa Athanas.

— Non… jamais.

Perplexe, Merlin l'invita aussitôt à boire un philtre de guérison. Il plongea la main dans sa grande poche et il lui remit une petite fiole rouge. L'elfe hésita, puis il risqua une gorgée :

— Mmm… Cela a un goût étrange.

Mais l'élancement de sa main s'apaisa presque immédiatement. Il avala le reste du liquide et rendit la fiole vide à Merlin.

— Merci, jeune druide. Votre philtre semble faire effet.

Merlin s'en réjouit.

Le druide décida de récupérer quelques fioles du sang vert légèrement luminescent du träull terrassé. Sans nul doute, cette substance lui serait utile un jour ou l'autre. Puis, satisfait de sa récolte, il saisit délicatement la poignée de son poignard. Mais contrairement à l'elfe, il ne constata aucun effet adverse. Merlin appuya donc un genou contre le torse de la gigantesque créature et tendit les muscles pour retirer l'arme qui était bien enfoncée. Dès que sa lame quitta le corps du träull, la créature reprit vie et sa régénération recommença. Merlin lui replanta aussitôt son couteau dans le torse et le träull tomba de nouveau inerte. Il jeta un regard rapide à l'elfe, tout aussi médusé que lui, et cria :

— Galegantin, Cormiac, venez ! Le träull est encore en vie !

— Quels étranges pouvoirs possède votre sombre lame, maître Merlin !

Quand les autres s'approchèrent, toutes armes prêtes à frapper, Merlin expliqua :

— Je vais retirer mon poignard de la créature et tenter de la questionner. D'accord ?

Les compagnons et l'elfe répondirent par l'affirmative. Merlin chercha des yeux Syphelle, qui grimaçait, incommodée comme les autres par la puanteur qui émanait du träull. Puis il lui demanda à la blague :

— Toujours heureuse d'avoir quitté ta chère île ?

L'amazone n'hésita pas une seconde et confirma par un hochement de tête, souriante. Donaguy lui tapota l'épaule en signe d'encouragement et, complice, elle mit sa main sur la sienne. Merlin lui retourna le sourire et il ajouta :

— Alors, on y va !

Il retira de nouveau la lame et, une fois encore, le träull revint à la vie. Le monstre reprit lentement conscience et chercha à se débattre, mais ses membres ne s'étaient pas encore complètement régénérés.

— Ne bouge pas ! articula Merlin en breton, puis dans l'ancienne langue connue uniquement des druides chez les peuples mortels.

Le träull, semblant comprendre les paroles du seigneur de Cerloise, dévisageait son interlocuteur. Merlin continua dans la « langue noire ».

— Si tu tentes de fuir, mon ami là-bas te brûlera à mort…

Le monstre dirigea son regard noir vers l'entité de feu et sembla comprendre la situation précaire dans laquelle il se trouvait. Il posa ensuite ses yeux sur Merlin.

— Que veux-tu de moi, jeune druide ? interrogea-t-il de sa voix caverneuse, dans l'ancienne langue lui aussi.

— Pourquoi nous avez-vous attaqués, toi et les tiens ?

Le träull resta silencieux pendant un moment. Mais en voyant la petite entité de flamme grandir de plus du double de sa taille initiale, il se décida à répondre :

— Nous en avons reçu l'ordre de notre chef !

— Pourquoi aurait-il fait pareille demande ? contra alors l'elfe Athanas, clairement familier lui aussi avec l'ancienne langue.

— La directive venait de son allié, le prince Ymir…

Galegantin, qui avait suivi l'échange incompréhensible pour lui comme pour les autres, comprit ce dernier mot :

— « Ymir » ! Il a dit « Ymir », n'est-ce pas ?

Merlin croisa le regard de ses compagnons et confirma d'un coup de tête. Le druide retourna son attention vers le monstre :

— Va rejoindre tes semblables et dis-leur que s'ils se trouvent à nouveau sur notre route, cette fois il y aura des morts parmi les vôtres.

Puis, dans un geste éclair, Merlin balaya l'air de son poignard et trancha deux des longs doigts de la main gauche du träull. Les membres de la créature tombèrent sur le sol et, étrangement, aucune régénération ne sembla s'opérer sur ses extrémités manquantes. Comme le reste de son corps était presque régénéré, le monstre se releva doucement. Il étendit le bras pour récupérer ses doigts coupés. Toutefois, Merlin l'arrêta en le menaçant de son terrible poignard noir.

— Non ! Tes doigts restent avec moi. C'est le prix que je t'impose pour nous avoir attaqués sans raison. Maintenant, va-t-en !

La gigantesque créature se leva avec lourdeur et partit en jetant un triste regard sur ses doigts laissés en butin à l'humain. Lorsqu'elle disparut dans l'immensité des environs, Merlin ramassa les doigts du träull et les rangea dans son sac.

Beaucoup plus tard, le calme était revenu dans le camp. Cormiac et son nouvel ami Athanas récompensaient les services de l'entité de flamme par des chants agréables. Merlin se laissa gagner à nouveau par la tranquillité. Il observa, amusé, certains de ses compagnons qui manipulaient de nouveau le cadeau qu'ils avaient reçu de Rivanorr. Ils espéraient eux aussi réussir comme son sergent à en connaître le contenu. Tandis que les autres se reposaient afin de pouvoir assumer leur prochain tour de garde, Merlin nota le retour de la petite fée de Cormiac, cette fois accompagnée d'une autre fée ailée, beaucoup plus grande cependant. Cette dernière se rendit auprès de Merlin, tandis que Sylvianne retournait se blottir dans le cou de « son » Cormiac, à l'abri sous ses longs cheveux bruns. Merlin se leva pour accueillir la nouvelle venue et il eut droit à une révérence aérienne de sa part. La petite fée avait un lien de parenté avec la messagère habituelle de Ninianne, la fée Annanielle. Elle avait, comme sa « cousine », les cheveux assez longs, de couleur châtain blond. Toutefois, sa robe, ses ailes et sa peau tiraient vers le jaune.

— Bonne soirée, jeune humain. J'ai entendu votre conversation au cimetière avec les elfes de Montmort et j'ai fait appel à votre petite compagne sylvaine pour qu'elle me conduise jusqu'à vous.

Merlin était habitué aux échanges avec ce type de fée et il l'invita à s'approcher de lui en pensée. Il prit place au sol et remarqua alors qu'il semblait être le seul à la voir. La petite fée flotta jusqu'à lui et lui confia :

— J'ai «entendu» que vous cherchiez les restes de la dame ondine Myripale Evianne Theanselan.

Merlin répondit par l'affirmative. La fée poursuivit :

— J'ai été la confidente et messagère de la dame Lovanorr de son vivant et je crois posséder quelques informations qui vous seraient très utiles, jeune humain.

Merlin réalisa soudain que la petite fée ailée était sans doute celle dont la représentation était finement sculptée sur la tombe de la dame elfe qu'il venait de visiter dans la journée.

— Dites, je vous en prie.

La fée s'avança près de son visage et plongea ses yeux dorés dans les siens.

— Je sens une grande bonté chez vous et je vous sais tout dévoué à votre cause… Je peux vous montrer en toute confiance où sont cachés des objets ayant appartenu à la dame Myripale.

Merlin était intrigué :

— Des objets ? Quels objets ?

— D'abord, un coffre contenant sa robe de jeune fille. Ensuite, une fiole sacrée contenant ses larmes.

Merlin était au comble. Il s'agissait là exactement du genre de choses qu'il était venu chercher en ce pays.

Le lendemain, Merlin raconta aux compagnons la visite qu'il avait eue la veille et leur confia qu'il désirait maintenant se rendre dans les lieux où se trouvaient les reliques dont la fée jaune lui avait parlé. Les hommes étaient prêts à entreprendre le voyage, et l'elfe Athanas s'engagea à les suivre et à les assister dans leurs recherches. Merlin appela sa nouvelle amie et la présenta à ses compagnons qui, eux, la voyaient pour la première fois. Ceux-ci ne s'étonnaient presque plus des merveilles de cet étrange pays des fées.

Le groupe mit le cap vers le sud et entra dans une nouvelle région de l'île d'Argent. Les collines sombres et broussailleuses de Malvallon laissèrent place à une forêt dégagée et dorée, couverte d'arbres feuillus élancés rappelant un peu la forêt de Brocéliande. La troupe s'y engagea toutefois avec prudence, toujours consciente du risque d'une autre rencontre avec les träulls. Mais après deux jours de voyage, et savourant la beauté et la quiétude du pays, les voyageurs avaient repris leur bonne humeur, fredonnant de nouveau des chants. La petite entité de flamme accompagnait aussi le groupe. Elle était installée dans une petite lanterne de bronze et Jeanbeau la transportait avec lui au bout d'une longue perche de bois. L'elfe Athanas fournissait au groupe de copieux repas composés de délicieuses plantes locales et de gibier chassé avec une grande habileté. Cormiac assistait leur guide elfe dans ses chasses, ses cueillettes ainsi que dans la préparation des mets, et en profitait pour en apprendre plus sur ces nobles arts.

Le soir du quatrième jour, le groupe arriva au bord d'une belle rivière, dont le débit lent et tranquille charma les voyageurs. La petite fée les conduisit jusqu'à un lieu où un renflement calme du cours d'eau formait une sorte de petit étang. Les bois de cette région étant beaucoup plus sombres la nuit que ceux de l'immense forêt enchantée plus au nord, seuls les contours de la fée brillaient d'une faible lueur, trahissant sa nature magique. Elle flotta dans les airs jusqu'au-dessus de l'eau en battant légèrement les ailes d'excitation. Elle déclara alors :

— Nous y sommes !

Et comme pour confirmer ses dires, un coffre métallique, d'abord invisible dans la noirceur de l'onde, commença à briller de la même lueur que la fée. Merlin s'agenouilla sur une partie en saillie de la rivière pour mieux observer le coffre. Il décida ensuite d'entrer dans l'eau pour tenter de le récupérer. En se redressant, il vit que Tano retirait déjà ses vêtements pour l'aider. Merlin l'imita et confia à Cormiac la tâche d'organiser le camp pendant ce temps. Merlin et Tano entrèrent dans l'eau fraîche et n'eurent aucune difficulté à ramener le coffre avec eux. Syphelle leur apporta des couvertures pour éviter qu'ils ne prennent froid, mais les deux hommes savaient tous deux que la marque de Blaal les protégeait encore contre les températures les plus extrêmes. Ils n'en dirent toutefois rien à leur compagne et acceptèrent sa gentillesse. Le coffret fut apporté près du feu et Donaguy constata qu'il était verrouillé. Ne trouvant aucun moyen de l'ouvrir, Merlin eut l'idée d'user de sa clairvoyance pour y « entrer » avec son regard afin d'en connaître le contenu. Il se concentra et plaça une main sur le coffre. Passant facilement la barrière de la boîte, les objets commencèrent bientôt à se manifester à lui : il perçut les contours d'une robe translucide ainsi qu'un joli collier de perles multicolores. En sortant de son état méditatif, Merlin se tourna vers la fée pour lui dire :

— Tel que vous l'aviez promis, chère amie.

Un peu plus tard, les hommes repus du bon repas chaud préparé par Athanas échangèrent un peu sur leur trouvaille. Merlin ne désirait pas ouvrir le coffret tout de suite ; d'ailleurs ce n'était pas nécessaire pour le moment. Il le vida de son eau en le faisant placer sur le côté par deux de ses hommes. Puis il récupéra son sac fée couleur azur pour y insérer le gros coffre qui brillait toujours.

Le lendemain matin, Merlin se réveilla et paressa, jusqu'à ce Cormiac secoue toute la troupe, le sergent étant en proie à une rage inhabituelle.

— Debout, bande de paresseux ! vociféra-t-il.

Seul le haut du corps était habillé, sa tunique courte cachant à peine sa nudité.

— Qui est-ce qui a pris mes guêtres ? ragea le guerrier.

D'abord surpris par cette question, les membres de la troupe commencèrent à ricaner.

— Ce n'est pas drôle ! hurla-t-il, vexé.

Mais cela eut pour effet de faire rire tout le monde encore plus. L'elfe Athanas, qui était à son tour de garde avec Tano, s'approcha de la couche de Cormiac. Désignant ce qu'il croyait être les guêtres de son ami, il lui dit :

— Mais elles sont là !

Confus, Cormiac se pencha pour récupérer ses jambières, dévoilant ses fesses blanches à toute la troupe. Les rires fusèrent à nouveau.

— Ce ne sont pas mes guêtres, les miennes sont bleues ! tonna-t-il en tenant dans une main un minuscule pantalon moiré, à peine gros comme un mouchoir.

Ses compagnons se tenaient les côtes à force de rigoler. Athanas, ne comprenant pas la blague, s'obstina :

— Mettez-les, et on verra bien.

Cormiac ne la trouvait pas drôle, tandis que Galegantin se roulait par terre en s'esclaffant aussi puissamment qu'il le pouvait. Hors de lui, Cormiac décida de mettre un terme à sa frustration. Dans un geste de dépit, il agrippa la minuscule culotte et y enfila avec force le pied dans l'espoir de la déchirer en morceaux. Mais, au lieu de cela, son pied entra dans la petite culotte, celle-ci s'ouvrant afin de prendre la forme de sa jambe.

— Eh bien voilà, dit simplement Athanas avant de s'éloigner en secouant la tête.

Cormiac, étonné, enfila l'autre jambe qui entra elle aussi dans le vêtement. Les guêtres lui allaient à merveille, finalement, et on aurait cru que ce fut les siennes n'avait été de leur couleur. Constatant l'inhabituel de la chose, les compagnons cessèrent soudain de rire. Mais le sergent de la troupe n'en avait pas fini avec l'elfe Athanas :

— Mais vous voyez bien, maître Athanas, qu'elles ne sont pas bleues !

L'elfe se retourna au moment même où les guêtres de Cormiac prenaient lentement une teinte bleutée.

— Elles m'apparaissent tout à fait bleues, mon jeune ami.

Puis il se tourna vers les autres, tous ébahis :

— Eh bien, quoi ? Qu'est-ce qui se passe encore ?

La troupe pouffa de nouveau. S'étant levé et approché de Cormiac, Merlin saisit les bords de la culotte et déclara à son sergent :

— Ceci est un vêtement fée, Cormiac... Quelqu'un a pris tes vieilles guêtres usées et a laissé cette culotte enchantée à leur place.

Il tapa l'épaule de Cormiac d'une main et ajouta :

— Je ne suis pas le seul qui soit béni par les races magiques, fit-il, laissant Cormiac perplexe devant ce nouveau phénomène.

Les émotions du réveil passées, leur petite guide féerique indiqua qu'il fallait maintenant se rendre encore plus au sud et à l'ouest.

— Il faut traverser la rivière et prendre la direction des collines de Beaubois.

— Mais cela nous mènera au pays des ogres, prévint l'elfe Athanas.

Galegantin grogna profondément, puis articula :

— Le pays des ogres, cela n'augure pas une partie de plaisir...

16

Une fois que la troupe eut traversé la rivière, les environs donnèrent une nouvelle impression à Merlin. Ce coin reculé de l'île d'Argent était tout à fait différent du lieu où les compagnons avaient débarqué quelques jours plus tôt. Les plantes, les arbres ainsi que les petits animaux étranges possédaient toujours leur aura magique de par leur nature et leurs formes. Mais cette «magie» semblait moins lumineuse, plus sombre...

En suivant la piste invisible que sillonnait leur petite guide, Merlin remarqua occasionnellement la trace d'un sanglier. Il aperçut même une harde de biches et leurs petits daims. Sans nul doute, quelques gros cerfs rôdaient aussi dans les environs. Mais quelque chose lui parut anormal :

— Maître Athanas, je n'ai pas observé d'animaux prédateurs près d'Is, pas plus que dans le Malvallon, d'ailleurs.

— Vous avez vu juste, Merlin. Les elfes ont fait reculer les gros prédateurs loin de leur zone de contrôle. Mais ici, dans Beaubois, ainsi que dans la région du côté du couchant de l'île, on retrouve encore de dangereux prédateurs : des loups, des ours ainsi que des chats des brumes...

— Des chats ? reprit Galegantin, peu impressionné.

— De très grands chats, expliqua l'elfe Athanas en soulevant la main presque à la hauteur du garrot de la monture du chevalier. Avec de longs crocs qui descendent de chaque côté de leur énorme gueule. Mais notre groupe n'a rien à craindre d'eux, nous sommes loin de leur habitat et trop nombreux.

— Pas des chats alors, mais des fauves.

— Certes, des fauves, comme vous dites.

La troupe marcha en silence le reste de la journée, selon le conseil d'Athanas. Le guide elfe ne désirait pas tomber dans une autre embuscade de träulls et encore moins d'ogres. Vers le milieu de l'après-midi, les hommes arrivèrent sur un promontoire, à mi-chemin du sommet d'une haute colline. On pouvait voir plus bas, plus en aval, un petit hameau composé de quelques maisons et de bâtiments attenants disposés autour d'une énorme construction en bois. Le petit bourg était situé sur le côté d'une rivière qui trouvait sa source dans le plus étrange des endroits. En effet, on pouvait voir encore plus loin, à quelque deux ou trois lieues, une imposante montagne couverte de neige, un peu comme le mont Wyddfa Ans du Gwynedd, les Norgalles de Bretagne. Mais celle-ci semblait un peu moins haute que la « montagne blanche » bretonne, et sa base était couverte du même voile blanc que son sommet. « Il s'agit probablement d'un phénomène magique », pensa Merlin.

— Nous devons nous rendre dans cette vallée couverte de neige, de l'autre côté de la ferme des ogres, déclara la petite fée.

En regardant plus attentivement, on pouvait effectivement voir que les constructions étaient plus grandes qu'à la normale et que les gens qui semblaient y vivre étaient de grandes et lourdes personnes.

Il fut décidé d'attendre la nuit pour contourner le village et se rendre dans le «vallon blanc», ainsi que l'avait nommé Bredon. Tano resta de garde au poste d'observation afin de surveiller leurs voisins plus bas dans le val, tandis que la troupe se reposait quelques heures. La pénombre s'imposa rapidement à cause des brumes omniprésentes dans le ciel au-dessus de l'île d'Argent. Jeanbeau plaça une petite étoffe opaque autour de la lanterne qui abritait la petite entité de flamme qu'il transportait pour en atténuer le rayonnement, et chacun rassembla ses choses afin de poursuivre la route.

Les compagnons prirent d'infimes précautions pour contourner le hameau des ogres et ils arrivèrent enfin de l'autre côté sans les avoir alertés de leur présence. La troupe allait revenir vers la rivière et suivre un sentier qui semblait se rendre au vallon blanc lorsqu'Athanas, qui marchait à la tête du groupe près de la fée jaune et de Merlin, leva la main en signe d'alerte. Toutefois, il ne se doutait pas que son signal n'avait pas été vu de tous. Quand les premiers de la troupe s'arrêtèrent au signal, les autres s'écartèrent du sentier pour tenter de savoir pourquoi la marche avait été interrompue. C'est alors que Donaguy tomba dans le premier piège. Les herbes hautes sur lesquelles il avait posé les pieds cédèrent sous lui et il dégringola dans un trou profond. Syphelle, qui voulut le rattraper, perdit pied en foulant le faux plancher du piège et elle culbuta à son tour dans l'orifice. Cormiac, quant à lui, s'élança à la rescousse de ses compagnons. Il fut pris lui aussi dans un deuxième piège, mais celui-ci était situé un peu plus loin que le premier.

— Ne bougez plus! ordonna Bredon fermement, mais sans crier.

C'est à ce moment-là que Merlin vit les yeux d'Athanas s'ouvrir grand, l'elfe voyant, semble-t-il, quelque chose qui échappait à la vision humaine.

— Qu'y a-t-il, elfe? s'enquit Merlin en évitant de dévoiler son nom.

— Des ogres, jeune humain!

Lorsque Merlin pivota sur lui-même pour tenter de déceler d'autres pièges, il fit face à une demi-douzaine d'ogres armés, prêts au combat. Galegantin qui se trouvait près de ces nouveaux assaillants ne perdit pas de temps, et Durfer chantait déjà sa mélodie d'acier alors que sa lame émergeait de son fourreau.

— Non, compagnons! cria Merlin, espérant éviter la confrontation.

Mais le chevalier ne l'écoutait plus, la présence des ogres réputés mangeurs d'enfants et de chair humaine suffisait à galvaniser sa colère et son désir de bataille. Le chevalier n'avait toutefois pas perdu la raison, sachant que le sentier et les pièges qui se trouvaient sur le bord du chemin ne laissaient pas de marge de manœuvre à son puissant cheval. Il comprenait aussi que l'autre côté du sentier était probablement piégé comme le premier. Par ailleurs, avant qu'il ne puisse agir, des cordes lancées sur lui et sa monture s'enroulèrent autour de son bras et autour du cou de son cheval. Des cordes… Plutôt des câbles, car aussitôt une force colossale arracha Galegantin de sa selle, tandis que sa bête était tirée de l'autre côté dans un piège creusé, tout comme ceux dans lesquels étaient tombés ses compagnons. Bredon s'élança à la rescousse de son maître, frappant les câbles de sa lame enchantée. Mais ce geste fut vain, car son arme n'arrivait pas à sectionner les cordes. D'autres câbles s'abattirent sur Bredon et il fut emporté lui aussi dans un trou. Merlin comprit que la situation devenait très grave quand il lut la terreur dans les yeux de l'elfe.

— Qu'est-ce qui vous perturbe ainsi, mon ami ?

— Ce sont des ogres, jeune druide… Et nous constituons leur prochain repas.

Merlin ne pouvait pas croire que ces histoires de bonne femme qui servaient à faire l'éducation des enfants pouvaient être vraies. Mais la rage du désespoir semblait s'emparer d'Athanas, qui sortait son long poignard elfe pour défendre chèrement sa peau. On lui lança aussi des câbles, et l'elfe perdit l'équilibre avant de se faire traîner jusqu'au fond d'un trou. Merlin se retourna et fit face à un énorme ogre, borgne d'un œil, qui s'avançait vers lui en vociférant dans la langue ancienne :

— Et toi, petit humain, tenteras de fuir comme les autres ?

Merlin s'étonna de l'audace de l'ogre qui avait vu dans la combativité des siens une tentative de fuite. Il rétorqua :

— Prenez garde ! La bête qui n'a pas d'issue pour fuir mord encore plus fort.

— Ha ! ha ! ha ! tonitrua encore plus puissamment l'ogre, qui semblait être le chef de sa bande.

— J'aime celui-ci, je m'en occupe personnellement. Maintenant, rends-toi ou nous ferons souffrir tes compagnons !

— Si nous acceptons de nous rendre, promettez-vous que nul mal ne nous sera fait ?

— Cela dépend, mais je t'assure que si tu ne te rends pas, nous grugerons vos os jusqu'à la nouvelle lune, menaça l'ogre.

Merlin avala sa salive et se retourna vers Jeanbeau et Tano, leur indiquant de mettre fin à toute résistance. Puis il murmura à l'ogre :

— Nous sommes à votre merci...

Galegantin refusait encore de se rendre, de sorte qu'il fut soumis à quelques grands coups de perche qui eurent raison de lui. On emporta son corps ligoté et inconscient avec les autres. Seuls Merlin, Jeanbeau et Tano furent seulement désarmés et dirigés à coups de perche vers le village. Au plus grand soulagement de Merlin, les deux fées ailées avaient fui durant la confrontation.

Plus tard, les compagnons furent regroupés dans un grand enclos fait d'arbres entrelacés, devant lequel un des ogres resta de garde jusqu'au lendemain. Merlin profita de la nuit pour délier ses compagnons et s'assurer que leurs blessures n'étaient pas trop graves. Il fut heureux de constater que chacun se portait plutôt bien, car il ne voulait pas, sous la surveillance vigilante de l'ogre de garde, leur prodiguer des soins magiques. Au matin, une énorme ogresse vint leur apporter de l'eau fraîche à boire et du pain à manger. Puis un autre ogre armé d'une hache de cognée et un autre muni de cordes vinrent chercher les hommes par groupes de deux pour les amener dans un plus gros bâtiment.

Merlin fut emmené le dernier. En entrant dans la grande salle du bâtiment principal, il vit tous ses amis rassemblés, certains étant encore ligotés. Le chef des ogres qui l'attendait prit la parole à son arrivée :

— Je suis Ogier…

— Ogier le Borgne ! insista une ogresse près de lui.

— Je suis le chef de ce clan.

L'elfe sanglé s'avança devant Merlin et tenta de prendre la parole. Mais un ogre bedonnant se dirigea vers lui et lui assena un puissant coup de perche dans le ventre, l'envoyant au sol.

— Laisse le petit humain parler d'abord, elfe ! ordonna Ogier, en cachant mal son mépris pour la noble race.

Merlin releva le front et fit quelques pas en avant.

— Je suis Myrddhin de Moridunum, en Bretagne, et voici mes compagnons.

Il désigna chacun de ses amis, en terminant par Athanas, dont il ne dévoila pas le nom.

Ogier pointa vers Galegantin et lui demanda :

— Toi ! Le gros qui se bat à cheval… Si je te fais détacher, me promets-tu de rester tranquille ?

Merlin traduisit les paroles du chef des ogres au chevalier. Galegantin cracha sur le sol et l'invectiva :

— Je ne promets rien ! Détache-moi, donne-moi une perche et viens te battre !

Merlin continua de traduire.

— Ha ! ha ! ha ! hurla de rire le chef des ogres, imité par ses semblables.

— Tiens-toi tranquille, petit homme, et tu auras peut-être ton souhait.

Galegantin se calma un peu. L'ogre Ogier demanda ensuite pourquoi les humains s'étaient aventurés sur « ses » terres sans demander la permission ni verser de dédommagements.

— Ce sont les terres des elfes, riposta Athanas, ce qui lui mérita un nouveau coup de perche.

— Tais-toi, l'elfe, ces terres appartiennent aux êtres fées, dont nous faisons aussi partie, le corrigea l'ogre.

Merlin prit donc encore la parole et informa l'ogre Ogier qu'il avait choisi de passer sans être vu afin d'éviter justement les circonstances actuelles.

— Nous voulions nous rendre au vallon enneigé, plus loin au sud, et retourner à Is sans perturber le cours de la vie de votre ferme.

— Pourquoi alors avoir volé le bien de l'un des nôtres ? questionna le chef des ogres, le front plissé de colère.

La question laissa Merlin perplexe…

17

La situation du groupe prenait maintenant un mauvais tournant et Merlin restait embarrassé face à cette dernière accusation.

— Je vous assure que ni moi ni ceux qui m'accompagnent n'avons rien pris à qui que ce soit, sauf peut-être le gibier de nos repas.

Un ogre énorme, lourd et grotesque, s'avança alors devant les autres. Il expliqua à tous qu'on lui avait dérobé ses vêtements pendant la nuit alors qu'il était à la chasse. Il présenta la preuve : dans ses énormes mains, il tenait de petites guêtres d'homme bleues, en tout point semblables à celles que portait leur compagnon Cormiac.

— Hé ! Voilà mes guêtres ! déclara candidement ce dernier.

L'ogre expliqua aux autres que le vêtement portait encore l'odeur humaine de son propriétaire. L'ogre Ogier s'avança pour vérifier. Il renifla le vêtement, puis s'approcha de Cormiac, qui grimaçait de dégoût, pour comparer les odeurs.

— Oh ! Mais qu'est-ce qu'il me veut, le gros, je n'ai rien fait, moi !

— Cormiac, pas maintenant! siffla Bredon entre ses dents.

Merlin traduisait l'échange des ogres à ses compagnons et tentait d'expliquer à ses accusateurs ce qu'il savait des événements.

— … Il s'est donc réveillé au petit matin sans ses guêtres, seul ce vêtement restait. Quand, par accident, il a compris qu'il pourrait le porter au lieu du sien, il a mieux accepté la perte du premier.

Ogier sembla réfléchir avec effort, jusqu'à ce qu'il demande enfin :

— Toi, l'elfe. Parle maintenant. Peux-tu confirmer cela ?

Athanas reprit un peu de dignité et répondit :

— Oui, je le peux. Je n'ai pas dormi de la nuit et l'humain n'a rien fait à part dormir et faire le guet à portée de mon regard.

Merlin comprenait maintenant et il ajouta :

— C'est donc la…

Mais Athanas lui coupa la parole en lui adressant un clin d'œil.

— La magie fée, en effet! Ce vêtement fée est de fabrication elfe et il a sûrement choisi de revenir à un meilleur maître. Il a donc opté pour cet humain.

— Au lieu d'un ogre? grommela Ogier.

— Bien entendu! Un mortel en vaut bien un autre… La haine que porte la race elfe à celle des ogres explique bien le pourquoi du phénomène… Le vêtement fée a choisi un autre maître, un maître non ogre.

Athanas dévisagea Merlin pour qu'il garde le silence.

— Pourquoi, d'ailleurs, un ogre voudrait-il s'habiller comme un elfe? ajouta-t-il avec défi. Allez-vous enfin admettre l'admiration que vous vouez à notre race?

Ces dernières paroles soulevèrent la grogne des ogres.

— Sottise! lança celui qui affirmait s'être fait dérober ses guêtres.

Mais après réflexion, un autre lui demanda:

— Mais, au fait, Actar, pourquoi préfères-tu les vêtements elfes à ceux que fabriquent les nôtres?

Le ton monta jusqu'à l'engueulade et l'ogre Ogier décida d'y mettre fin en frappant le sol d'un violent coup de bâton.

— Assez! ordonna-t-il de sa voix autoritaire, imposant le silence aux siens. Admettons que cette histoire soit vraie… Comment alors le vêtement de l'humain s'est-il retrouvé auprès d'Actar?

L'elfe jura et ajouta en breton à l'intention de Merlin:

— Nous sommes tombés sur le seul ogre intelligent de toute l'île…

Puis, s'adressant à Ogier :

— Sans nul doute l'œuvre d'un des esprits de la forêt… Ils sont constamment soumis aux caprices de la magie, c'est bien connu.

Ogier le borgne sembla douter des explications d'Athanas.

— Soit ! L'incident est clos maintenant, déclara-t-il malgré tout. Actar, je te ferai fabriquer de bons pantalons ogres.

— Tu ne vas pas écouter cet elfe, ce maudit…

— Assez, j'ai dit ! trancha Ogier. Tu sais bien que les elfes ne peuvent mentir. Veux-tu mettre ta vie en jeu en contestant mon jugement ?

L'ogre Actar baissa les yeux et se soumit aussitôt à son chef. Ogier bomba le torse et, une fois le calme revenu, affirma de nouveau :

— L'incident est clos… Les humains pourront repartir… Tous, sauf lui.

L'ogre désignait Galegantin.

— Si celui-ci désire gagner sa liberté, il devra d'abord affronter notre ami Actar. S'il peut le vaincre, il sera libre lui aussi.

Ogier se retourna ensuite vers l'ogre lésé et lui annonça :

— Tu veux te venger, Actar ? Voilà ta chance !

L'ogre Actar commença à rire méchamment en évaluant l'humain qui, bien que plus massif que tous les autres de la troupe, était bien peu de chose en comparaison de la formidable puissance brute d'un ogre.

Ne sachant pas trop ce qui se tramait, Galegantin fut délié, et Merlin lui expliqua ce qu'avait décidé l'ogre Ogier.

— Ne t'en fais pas, Galegantin, je nous tirerai d'affaire avec la magie. Occupe-le juste un peu et crée une diversion pendant que je prépare mes sorts.

— Non, Merlin. Je peux le vaincre, je n'ai pas peur de lui.

— Mais tu as vu de quoi sont capables ces terribles créatures !

— Bah ! J'ai déjà affronté pire et, de plus, Dieu est avec moi. Que peuvent-ils bien contre Dieu ?

Là se résumait toute l'assurance du chevalier. Merlin secoua la tête. Il aurait voulu pouvoir lui expliquer que Dieu, dans sa grande générosité, avait très bien distribué les qualités. Dans le cas particulier des ogres, ces créatures étaient nanties d'une force titanesque. Mais il n'en eut pas l'occasion. Le chevalier Galegantin étirait déjà ses muscles, ankylosés pour avoir été trop longtemps liés, réveillant du coup toute leur puissance. Les adversaires furent conduits au-dehors, et humains, elfe et ogres se regroupèrent pour assister à l'ordalie.

— Je vais t'écraser comme une mouche, humain ! ronchonna l'ogre Actar d'une voix énergique.

— Qu'est-ce que tu dis, le gros ? lança Cormiac avec grand sérieux.

Comme tous les autres, il était extrêmement soucieux de ce qui allait advenir de leur chevalier. Galegantin mit un genou à terre et pria doucement avant le combat.

— Seigneur Dieu, donnez-moi la force de vaincre votre ennemi.

Puis il fit le signe de croix chrétien et se leva, prêt à affronter l'ogre qui fonçait sur lui. Galegantin jeta un dernier regard à Bredon pour le rassurer avant de faire face à son adversaire.

Actar fonça comme un taureau et Galegantin, libre de sa lourde armure, l'esquiva avec une rapidité et une grâce que peu lui connaissaient. Une deuxième charge suivit la première et, encore une fois, le chevalier l'évita avec l'habileté d'un fauve. Frustré, l'ogre agrippa le bord d'un abreuvoir à bêtes et en arracha une grosse poutre, avant de se ruer sur le chevalier. D'abord inquiet, Galegantin comprit rapidement que toute cette force avait un prix… L'ogre était lent et lui n'avait aucune peine à parer les coups robustes de la bête, pourtant capables de tout détruire. Déçu de ses échecs, Actar jeta l'énorme poutre en direction du chevalier et se saisit plutôt d'un câble, l'arme préférée de sa race. L'ogre fit tourner le câble quelques fois au-dessus de sa tête, puis le lança, saisissant le chevalier par le torse avant de le tirer vers lui. Actar empoigna le colosse à bras-le-corps et commença à l'étouffer en le dévisageant. Galegantin essayait de résister en poussant vaillamment ses deux bras contre le torse du géant. Malgré ses efforts, il ne parvenait pas à surmonter la force surnaturelle de son rival. Actar tenait sa petite victime à sa merci, et ses muscles se gonflaient de l'effort déployé. Galegantin manquait maintenant de souffle et il sentait sa force l'abandonner. C'est alors que lui vint une idée. Il rassembla toute l'énergie qu'il lui restait et il asséna un puissant coup de ses deux mains liées dans la trachée de son adversaire, l'écrasant sous l'impact. L'ogre sembla fortement secoué par la violence de la frappe. Il laissa alors tomber sa victime pour porter ses mains à sa gorge. Le chevalier s'effondra au sol en cherchant son souffle, tandis que son adversaire changeait lentement de couleur. Puis l'ogre Actar tomba à quatre pattes, les yeux sortis des orbites et la langue pendante, pris d'horribles convulsions. Galegantin se rendit sans attendre récupérer la poutre que lui avait lancée l'ogre. En s'approchant de son adversaire, le chevalier lui porta un terrible coup juste à la jonction du cou et du crâne, lequel fit résonner un «crac!» bruyant qui ne laissa aucun doute sur la suite. L'immense corps de l'ogre s'effondra, inerte. Sa trachée enfin dégagée par la force de l'énorme coup du colosse breton, le malheureux put laisser échapper son dernier souffle. Fourbu, Galegantin s'appuya lourdement sur la poutre qu'il tenait encore, grimaçant de douleur. Il bomba ensuite légèrement le torse et déclara avec audace :

— Et maintenant, que fait-on ?

Ogier resta silencieux pendant quelques minutes, tandis que les parents et amis endeuillés d'Actar allaient récupérer l'énorme masse inerte. Étrangement, personne n'eut de regard de haine ou de méchanceté à l'endroit du vainqueur. L'un d'eux rendit même au chevalier ses armes et son armure. Galegantin le remercia d'un coup de tête respectueux et appela Bredon pour qu'il l'assiste. Merlin s'approcha, le regard plein d'admiration.

— Je suis heureux pour toi, mon cher ami, dit-il sans façon.

Galegantin n'ajouta rien, il se contenta de sourire sobrement et continua à revêtir son armure. Merlin remarqua que si le valeureux chevalier faisait normalement preuve d'arrogance et de défi, son visage montrait qu'il ne s'attribuait pas à lui seul la réussite du combat. C'était comme si son exploit appartenait aussi à quelqu'un ou à quelque chose d'autre…

Merlin se rendit ensuite auprès d'Ogier le Borgne. Ce dernier l'attendait, encore plongé dans ses pensées.

— Ton ami s'est bien battu, lui avoua le chef des ogres. Actar était l'un de nos meilleurs chasseurs… Dis-lui qu'il est libre de partir.

Et le géant fit un signe pour que l'on apporte aussi les biens des autres. Même la lanterne contenant la petite entité élémentaire et les montures furent rendues intactes à la troupe.

— Partez, maintenant, vous et vos hommes… Nous allons passer une nuit bien triste.

Merlin le remercia d'un faible salut de tête. Alors qu'il allait partir, une chose restait incertaine :

— Et notre guide elfe ?

— Partez, j'ai dit ! L'elfe subira le sort réservé à ceux de sa race qui s'aventurent loin des murs protecteurs de leur forteresse. Partez, avant que je change d'idée.

Merlin ne pouvait pas accepter cet ordre. Il voulut rajouter autre chose, mais il décida de tourner les talons et de se rendre auprès d'Athanas. Ce dernier avait tout vu et tout entendu. Quand Merlin s'approcha de lui, l'elfe lui dit :

— Partez, maître Merlin, et ne vous souciez pas de moi… Rares sont les gens qui quittent librement la poigne des ogres, je crois même ne jamais en avoir rencontrés.

L'elfe avait la mine basse. Il se doutait bien du sort que les ogres lui réservaient. Merlin se fit rassurant :

— Nous n'allons pas laisser les choses ainsi. Je pars mettre les miens en sécurité, mais je reviendrai vous chercher avant la nuit.

— Ne faites rien de cela. Poursuivez seulement votre quête et redonnez à la dame Myripale Evianne Theanselan son corps… Rapportez-lui seulement que j'y ai contribué… C'est un grand honneur de servir une si noble dame, Merlin. Cela en dit beaucoup sur votre caractère… Je suis heureux que nos chemins se soient croisés.

Merlin serra les lèvres humblement ; il ne pouvait pas risquer maintenant d'offenser l'ogre Ogier. Il murmura simplement :

— Soyez prêt !

Puis il lui tourna le dos avant que l'elfe ne puisse ajouter un mot, faisant signe à Cormiac d'annoncer le départ. Un ogre les conduisit par le sentier en leur indiquant le tracé à suivre pour éviter les pièges. À moins d'une lieue du vallon blanc, leur nouveau guide déclara dans un langage approximatif :

— Moi ogre pas aller plus loin.

— Merci de votre aide, lui signifia Merlin. Mais pourquoi donc n'allez-vous pas plus loin ? Y a-t-il un monstre ou un gardien qui s'y cache ?

— Non… Pire… Froid terrible !

Merlin fut surpris par la réponse de l'ogre, mais il ne l'interrogea pas davantage.

— Bon chemin de retour et merci encore de votre aide.

— Bon débarras ! Moi souhaiter jamais revoir humains, répondit-il en rebroussant chemin.

Lorsque l'ogre disparut enfin dans l'épais couvert des boisés environnants, la troupe reprit le chemin vers le vallon blanc. Quand le début de la zone des neiges devint apparent, Merlin demanda à Cormiac d'organiser un camp. Le druide alla alors s'assurer du confort de l'entité élémentaire de feu et fut heureux d'apprendre qu'elle s'était régalée des événements des derniers jours. Peu de temps après l'installation du bivouac, les deux petites fées qui avaient disparu durant la capture de la troupe revinrent auprès des voyageurs.

— Comme il est heureux que vous ayez réussi à gagner votre liberté, maître Merlin ! dit la fée jaune, tandis que la toute petite fée bleue s'accrochait amoureusement au cou de Cormiac. Satisfait d'apprendre que les fées ailées pouvaient devenir invisibles à volonté, Merlin s'attaqua enfin à son autre problème : libérer l'elfe Athanas.

— Reposez-vous et mangez, conseilla-t-il à la troupe. Quand je reviendrai avec Athanas, nous devrons faire vite et récupérer la dernière relique.

— J'y vais avec toi ! s'empressa d'affirmer Galegantin.

— Non. Reste ici et repose-toi. J'utiliserai le transport mystique et serai de retour rapidement. Les ogres ne seront pas contents…

Le chevalier comprenait qu'il ferait mieux de reprendre un peu de forces.

— Je t'ai laissé un philtre de guérison dans les sacoches de mon cheval, murmura discrètement Merlin.

Le colosse confirma qu'il en avait en effet bien besoin.

— Pars tranquille, Bredon s'occupera d'eux et je serai là s'il a besoin de moi, lui assura le chevalier en jetant la tête par en arrière vers ses compagnons.

Merlin salua ses amis puis marcha quelques pas vers les herbes hautes qui bordaient le campement, avant de s'accroupir au sol, une main posée sur la base des herbes. Au début, il ne se passa rien. Mais soudain, son corps tout entier se mit à briller et à se décomposer en un millier d'étincelles qui entrèrent dans le sol en dessinant un vortex en forme d'entonnoir. Merlin avait disparu.

18

Quand le calme revint dans le camp, juste après le départ de Merlin, Galegantin sortit en douce l'élixir préparé par le druide. Puis il alla dans un coin que Bredon avait aménagé pour lui.

— Tu as faim ? Je peux t'apporter quelque chose ? lui demanda son écuyer.

— Non, Bredon. Mange pour nous deux et assure-toi qu'on me laisse dormir un peu.

Mais déjà les autres de la troupe se dirigeaient vers le chevalier pour lui manifester leur soulagement et leur admiration à la suite du combat qu'il avait livré à l'ogre. Tano lui apporta un plat de nourriture que Cormiac avait cuisiné à la hâte. Galegantin en prit seulement une bouchée, avant de le remettre à Bredon.

— Je te remercie, Tano, mais j'ai plus besoin de repos que de nourriture. Bredon finira ce repas.

Quand tous eurent dit quelques mots au chevalier, Cormiac s'avança en dernier sous l'œil attentif de Bredon.

— Il doit se reposer, Cormiac, peut-être devrais-tu revenir plus tard…

Mais Galegantin laissa savoir d'un geste que le guerrier était le bienvenu. Cormiac s'approcha, un peu hésitant, et brisa le silence par une blague.

— Si tu ne l'avais pas frappé aussi fort, tu serais moins fatigué… Euh… Je veux dire, je suis…

— Non, Cormiac, n'ajoute rien. Je comprends.

— Non, chevalier, tu ne comprends pas. Comment… comment un seul homme peut-il vaincre un ogre à mains nues. Un ogre !

Le chevalier, amusé, répondit :

— Un seul autre dans la troupe possédait la force nécessaire pour réussir à vaincre l'ogre de la façon dont je l'ai fait… C'est toi, Cormiac.

— Mais comment ? La force ne suffit pas.

— C'est pour cela que j'ai réussi. Toi, tu commences perdant, puisque tu doutes de tes propres capacités…

Bredon tira doucement sur la manche de Cormiac et celui-ci se retourna après un dernier regard admiratif sur le chevalier. Mais alors qu'il s'éloignait, Galegantin lui lança une flèche :

— Hé, Cormiac ! Ces moments passés auprès de l'elfe Athanas t'ont été utiles, tu cuisines beaucoup mieux depuis.

Cormiac sourit avec cynisme et il balaya le commentaire d'un geste de la main. Le chevalier sourit en lui-même, car cette dernière crise avait ressoudé le groupe. Il retira sa lourde cuirasse d'acier et de cuir et il but d'un trait le philtre de Merlin. Puis il se laissa lentement baigner par le soulagement et, peu après, par le sommeil.

Merlin traversa les quelques lieues qui séparaient le camp des Bretons de la ferme des ogres en passant par les racines entremêlées des herbes hautes qui poussaient de part et d'autre du sentier. Le sortilège de transport mystique lui avait été très utile par le passé, mais ce puissant charme avait tout de même ses limites. En effet, il permettait de ne suivre qu'un type de matière à la fois – dans ce cas les racines d'herbe – et il ne put s'approcher de la grande cage en bois où était gardé l'elfe, car cet endroit était dégagé de toute végétation. Son corps se matérialisa de nouveau et il ressortit entier au milieu des herbes, derrière les arbres gigantesques qui se trouvaient à proximité de la ferme des ogres. Merlin observa les alentours et décida de prendre la forme d'un faucon. Il attendit ainsi jusqu'au début de la pénombre en laissant vaguer son esprit en pensant à son compagnon volant. Que pouvait-il bien advenir de son bel oiseau? Lui était-il arrivé quelque chose de malheureux ou avait-il simplement trouvé l'endroit de ses rêves? Merlin ne savait pas quoi en penser.

Quand la lumière avait faibli, Merlin, maintenant en faucon, profita de sa vue de rapace pour vérifier si son ami elfe était toujours encagé. Il se percha haut dans un arbre. De là, il pourrait distinguer la forme approximative de l'elfe. Quelque chose n'allait pas. Merlin-faucon décida alors de franchir la distance qui le séparait toujours de la cage ; quelques battements d'ailes plus tard, il se retrouva perché sur celle-ci. L'elfe Athanas s'y trouvait bien, mais il n'affichait pas bonne mine. Merlin-faucon jeta un dernier regard autour et, assuré que personne ne pouvait le voir, se posa devant la cage. Quand Athanas sentit la présence d'un oiseau près de lui, il crut qu'il s'agissait d'un corbeau charognard et il se retourna pour le chasser. Mais il ne pouvait s'attendre à voir un faucon ; un faucon qui, de surcroît, brillait de magie.

— Maître Merlin… comprit-il aussitôt. Vous avez tenu votre promesse !

Merlin fut surpris de voir le visage de l'elfe couvert de sang vert, un de ses yeux crevé et toutes les meurtrissures qu'il avait subies. Le druide reprit alors sa forme normale, en restant le plus près possible du sol pour ne pas attirer l'attention.

— Où sont les ogres ? demanda-t-il au captif.

— Ils sont en plein préparatifs pour le banquet funèbre de ce soir. Ils vont apprêter et manger leur compagnon tombé au combat aujourd'hui. C'est comme ça qu'ils s'assurent que leurs parents et amis restent avec eux après la mort. C'est aussi la seule raison pour laquelle je suis encore en vie… Ils me gardent pour un autre jour.

— Mais votre œil ?

— C'est le chef Ogier qui est responsable de cela. Il a insisté pour me prendre mon œil, parce que c'est un de ma race qui a jadis pris le sien. Ils m'ont bousculé un peu, puis ils m'ont laissé ici. Le garde qui me surveille vient justement de faire une ronde et il ne reviendra pas tout de suite, du moins j'espère.

Merlin, affligé par l'état de son ami, lui confia :

— Je ne peux rien pour vous maintenant, mais je pourrai vous prodiguer des soins tout à l'heure. Pour le moment, il faut fuir… Pouvez-vous encore marcher ?

L'elfe, étonnamment brave vu les circonstances, fit signe que oui. Merlin s'approcha des barreaux de bois et entra en concentration pour évoquer une manipulation élémentaire, le bois étant un des neuf éléments de la classification des druides. Une partie de la formation qu'avait reçue Merlin portait justement sur les manières de manipuler cet élément vital et de lui redonner de la souplesse. Le jeune druide caressa donc le bois, lui conférant la texture d'une pâte molle. Il tira ensuite sur les troncs et ouvrit un passage suffisamment grand pour que l'elfe puisse y passer. Alors qu'Athanas franchissait l'ouverture, Merlin vit la forme massive d'un ogre qui s'approchait. En effet, le géant grotesque quasi humain avait flairé une étrange odeur dans l'air.

— Le garde revient plus tôt que prévu. Je peux prendre la forme d'un animal et fuir sans alerter les ogres. Mais vous…

— Je le puis aussi, maître Merlin, ajouta l'elfe, un sourire brisé mais narquois au visage. Quel peuple, d'après vous, a enseigné cet art aux druides ?

Merlin se réjouit de la nouvelle et pointa un groupe d'arbres.

— Rendez-vous au plus vite derrière ces arbres, dans les hautes herbes.

— Et ensuite ?

— Ensuite, vous verrez.

Merlin entra aussitôt en transe en vue de se transformer et reprit la forme du faucon, tandis que son ami emprunta celle d'un renard avant de filer vers le lieu désigné.

L'ogre arriva peu après à la cage, où il constata la fuite du captif. Il cria aussitôt l'alarme, notant du coin du regard la course étrange d'un gros renard et le vol d'un faucon, ce dernier étant un animal très rare en ce pays. Comme les autres de sa race, la vision de l'ogre était excellente en pleine noirceur, comparable à celle des loups. Les deux bêtes qu'il avait remarquées fonçant dans la même direction, l'ogre décida de les suivre, sans attendre les autres qui, pourtant, accouraient déjà à son appel.

Merlin arriva le premier et reprit aussitôt sa forme humaine. Quand Athanas-renard le rejoignit, le jeune druide était déjà prêt à effectuer le transport mystique. Son complice lui demanda, dans une forme étrange de langage, car venant d'un renard :

— Main… tenant, quelle… est la… suite ?

Merlin déposa délicatement la main sur les épaules velues du gros renard, éborgné d'un œil, et déclara :

— On part sur-le-champ !

L'ogre arriva près des deux étranges amis juste au moment où ceux-ci se métamorphosaient en entonnoir de lumière avant d'entrer dans le sol. Mais l'ogre eut le temps de reconnaître Merlin, et il ne manquerait pas d'en aviser son chef Ogier.

Quand les deux fuyards réapparurent à quelques pas du camp, l'elfe, qui avait cru à tort que garder la forme du renard lui aurait été utile dans les suites de sa fuite, reprit la forme naturelle des gens de sa race. Tano, qui gardait le périmètre avec Syphelle, avisa les autres de leur arrivée.

— Oh misère, maître Athanas ! s'exclama Cormiac en voyant son œil. Que vous ont-ils fait, ces cruels ogres ?

Il s'avança ensuite pour aider l'elfe à se rendre au milieu du camp.

— Il ne faut pas perdre de temps, déclara Merlin, un des ogres m'a vu et ils vont peut-être tenter de nous rattraper.

Les compagnons regagnèrent aussitôt leur place et se préparèrent au départ. Bredon se chargea d'aller réveiller Galegantin, qui dormait d'un profond sommeil. Celui-ci reprit rapidement ses esprits, aidant même Bredon à faire leurs bagages. Merlin alla chercher une fiole, parmi les derniers philtres de guérison qu'il transportait avec lui, et il l'offrit à Athanas, qui reconnut la boisson curative.

— Buvez-en la moitié tout de suite, lui suggéra-t-il.

L'elfe en but une rasade et il en sentit aussitôt les effets bénéfiques. Merlin tendit la main pour reprendre sa fiole, puis tourna les talons, laissant Athanas qui s'allongea pour se reposer quelques instants. Merlin fouilla dans ses bagages et en sortit des étoffes propres pour laver et panser la blessure de l'elfe. Quand il s'approcha pour le soigner, Athanas se laissa faire, car il sentait bien dans les gestes précis du jeune druide tout le savoir-faire de sa charge d'ovate et de guérisseur.

La troupe étant maintenant prête à se remettre en route, Galegantin prit le devant du bataillon avec, tout près de lui, la petite fée jaune. Et il était grand temps de partir, car au moment où les compagnons entraient dans la zone des neiges permanentes, Tano, qui fermait la marche, aperçut un groupe d'ogres qui approchait rapidement.

— Les ogres sont là ! annonça-t-il.

Merlin indiqua aux autres d'avancer, sans plus. Et cette décision se révéla bientôt être la bonne, car, pour une raison étrange, le groupe des ogres, avec le chef Ogier à leur tête, s'arrêta pile avant de pénétrer dans la zone des neiges.

— Quel est donc ce maléfice ? grommela Galegantin.

— Ce n'est pas un maléfice, chevalier, mais bien un sortilège de protection, expliqua l'elfe Athanas. Les ogres ne peuvent tolérer les grands froids. Cela les rend lents et vulnérables.

— Vous voulez dire plus lents et vulnérables que d'habitude ? railla Cormiac, en faisant un clin d'œil à Galegantin.

L'elfe secoua la tête, amusé par l'assurance sans limites apparentes de cette jeune race mortelle, et continua :

— Bien plus encore, mon jeune ami. Dans la neige, ils deviennent pétrifiés comme des statues de glace. Immobiles pour toujours !

Comme preuve, il désigna non loin d'eux une sorte de ridicule statue d'os et de chairs empierrés ; sans nul doute, par ses dimensions, les restes anciens d'un ogre trop téméraire.

— Étrange phénomène, en effet... ne manqua pas de noter Merlin.

La troupe continua dans le froid intense mais tout de même supportable du vallon, jusqu'au pied de la montagne. Ils y trouvèrent une sorte de pavillon glacé ayant une architecture rappelant celle des constructions du village des elfes près d'Is. Galegantin marqua un arrêt à bonne distance de l'endroit et demanda à Merlin ce qu'il voulait faire maintenant. Le seigneur de Cerloise sortit de son sac fée un énorme coffre et entreprit une expérience qu'il avait en tête depuis le début de leur ascension vers la montagne aux flancs blancs. Après un moment de manipulations et de formules prononcées dans une langue étrange, au cours duquel les autres hommes et les bêtes en profitèrent pour reprendre leur souffle, Merlin s'approcha de l'elfe et lui tendit un gobelet de bois contenant une drôle de mixture verdâtre.

— Voulez-vous être mon goûteur, encore une fois ?

— Pardon ? dit Athanas, interloqué.

— Je crois que cette mixtion curative vous soulagera davantage, elle pourrait même aider votre œil, mais pour ce qui est du goût, il vous faudra faire preuve d'indulgence.

La curiosité de l'elfe était piquée et il accepta le gobelet. Il renifla la potion et sa grimace en dit long sur l'odeur qui s'en dégageait.

— Qu'est-ce que vous avez mis là-dedans ? De la crotte de träull ?

— Pas exactement, mais vous touchez d'assez près à la vérité.

Les dernières paroles de Merlin inquiétèrent l'elfe. Mais en buvant une première gorgée de l'étrange mélange, une sensation vivifiante l'envahit aussitôt, si bien qu'il décida d'ingurgiter tout le reste de la potion. Il rendit le godet à Merlin, qui lui dit :

— J'en ai essayé moi-même un peu avant de vous en offrir et elle ne m'a fait aucun tort…

— À moi non plus, mon ami. Je crois même qu'elle me fait le plus grand bien !

Aussitôt ces paroles prononcées, l'elfe perdit pied, emporté par une douleur lancinante. Il porta la main au-dessus de la plaie de son œil manquant. Un mal effroyable le tenaillait et il ne put résister sans émettre quelques cris d'agonie. Il alla même jusqu'à arracher le pansement qui lui couvrait l'œil meurtri. Les uns et les autres tentèrent de lui venir en aide, mais ses convulsions effrayaient les compagnons. Seuls Merlin et Galegantin demeurèrent auprès de lui pour l'aider. Après un interminable moment de souffrance, l'élancement s'estompa et l'elfe retira la main qui cachait l'orifice de son œil. Mais à la surprise de tous, le trou béant était maintenant occupé par un œil entier.

Après que Merlin eut lavé la plaie de son sang et de ses tissus résiduels, Athanas reprit lentement le contrôle de lui-même.

— Vous avez donc vraiment mis du träull dans votre mixture ? demanda-t-il à son guérisseur.

— Du sang de träull, pour être exact.

L'elfe remercia ses compagnons et se redressa pour constater le bon fonctionnement de ses muscles oculaires. Sa vision se faisait de plus en plus claire. Il devinait que, bientôt, elle serait de nouveau entièrement rétablie. Le patient déclara finalement :

— Il s'agit là d'une prodigieuse découverte, maître Merlin.

Alors que chacun se remettait toujours de ses émotions, Merlin alla consulter la fée jaune qui était, depuis leur entrée dans la zone des neiges, chaudement vêtue d'un petit manteau de fourrure, de bottines et d'un chapeau, tous de nature fée. Il lui demanda s'il s'agissait bien de l'endroit où se trouvait la dernière relique de Myripale Theanselan.

— C'est bien ici, et, vous l'avez constaté, les lieux ont été protégés contre les indésirables de la région.

Merlin demanda à ses compagnons de l'attendre pendant qu'il franchissait les quelques centaines de pas qui le séparaient du pavillon. La fée jaune et l'elfe Athanas, qui se sentait de nouveau capable de lui être utile, l'accompagnaient. Arrivé sur les lieux, l'elfe invita son compagnon à la prudence. Les constructions elfes de ce genre comportaient de nombreux pièges et autres sortilèges de protection, et il fallait prendre garde à où l'on posait les pieds.

— Il faut progresser de manière à suivre un ordre précis et méticuleux basé sur une formule de nombres définis, tenta d'expliquer l'elfe.

À l'intérieur, Merlin aperçut un petit coffret qui flottait dans les airs au centre du grand plancher circulaire de l'unique vaste pièce, comme s'il était tenu par des mains invisibles. Merlin tentait de saisir la logique des mesures afin d'y accéder sans ennuis. Alors qu'il réfléchissait, sa petite compagne ailée vola sans difficulté jusqu'au coffre et le récupéra, sans que rien n'indique qu'un mécanisme avait été déclenché. Elle retourna vers les deux compagnons bouche bée et l'offrit à Merlin.

— C'est ceci que vous vouliez récupérer, jeune humain ?

— Oui, en effet… Merci.

La petite fée avait, comme il s'en doutait, lu dans ses pensées et s'était exécutée sans attendre. Merlin saisit le coffre et le donna à son tour à Athanas.

— Nous feriez-vous l'honneur ? lui demanda-t-il.

L'elfe le prit délicatement et l'ouvrit, découvrant une toute petite fiole de cristal aux reflets de couleur perle contenant un liquide transparent et légèrement brillant.

— Je vous en prie, offrit à son tour l'elfe Athanas en invitant Merlin à retirer la fiole de sa boîte.

Merlin la ramassa et la souleva avec soin devant les trois amis rassemblés.

— Merci à vous deux, dit-il après un long moment de silence respectueux. Je n'aurais jamais pu réussir cette impossible quête sans votre précieuse aide.

Merlin possédait enfin tout ce qu'il lui fallait pour entreprendre la prochaine étape de son ambitieux plan.

19

Il ne fut pas trop difficile par la suite pour Merlin et sa troupe de retourner vers Is. Les compagnons s'avancèrent d'abord prudemment vers l'endroit où commençaient les neiges permanentes et y constatèrent que les ogres étaient retournés sur leurs pas.

— Ils nous attendent sans aucun doute près de l'endroit où nous sommes tombés dans leur embuscade la première fois, avança Galegantin.

Les deux fées partirent en reconnaissance et, lorsqu'elles revinrent, elles confirmèrent la suspicion du chevalier. Mais en plus de cette précieuse information, la petite fée bleue rapportait avec elle le poignard de l'elfe Athanas qu'elle avait dérobé au chef des ogres, Ogier le Borgne.

— Petite chapardeuse, va... s'esclaffa l'elfe dans la belle langue de son peuple, en gage de remerciement.

Puis il avertit les autres, en langue bretonne :

— Méfiez-vous des fées des forêts, mes amis, elles ont la réputation de jouer toutes sortes de tours !

Merlin lança alors un regard à Cormiac, qui comprit enfin comment ses guêtres avaient été échangées contre le pantalon fée de l'ogre Actar en premier lieu.

Il fallait maintenant éviter une nouvelle confrontation avec la bande d'ogres. Merlin décida donc de traverser avec ses amis, par sauts successifs, la forêt de Beaubois par ses hautes herbes, et le Malvallon par ses arbustes et ses mousses abondantes, le tout grâce au transport mystique. Ensuite, la troupe traversa le Blancbois enchanté d'Is par les arbres, toujours à la manière du peuple des dryades.

Justement, cette dernière forêt était l'endroit où habitait Bevède, la dryade et bonne amie de Merlin. Celle-ci vint le rejoindre dès qu'elle apprit la présence dans ses bois d'un jeune druide qui utilisait le mode de transport uniquement connu de son peuple. Ses sœurs et elle se chargèrent alors de guider toute la troupe et leurs biens directement aux abords d'Is.

Merlin avait remarqué, lors de ses déplacements, qu'il était bien plus facile de voyager par les moyens magiques quand il se trouvait dans les pays fées. Le puissant sortilège, employé pour faire déplacer un grand nombre de personnes, aurait normalement exigé une énorme part de son pouvoir. De plus, cela lui aurait demandé plus de temps pour récupérer, notamment par du sommeil. Mais le jeune magicien ne ressentait presque pas de fatigue…

Dès le lendemain de leur arrivée à Is, après avoir donné la veille à leurs hôtes un compte rendu détaillé de leurs aventures dans l'île d'Argent, Merlin et ses compagnons étaient prêts à retourner dans le monde mortel. Le jeune seigneur de Cerloise fit ses adieux à ses nouvelles connaissances des peuples elfe, fée et dryade. Mais avant de dire adieu à la petite fée jaune, Merlin lui demanda enfin :

— Quel est donc votre nom, que je puisse vous retrouver un jour et vous informer de mes progrès ?

La petite fée, qui avait revêti ses vêtements jaunes, presque or, fut flattée de la question. S'approchant de lui comme elle l'avait fait lors de leur première rencontre, elle lui dit, en posant son front sur le sien :

— Je suis la fée Dynitar, jeune Myrddhin. Je serai très heureuse de te retrouver quand tu auras terminé ta présente quête.

Merlin salua aussi le guide Athanas et le remercia chaudement pour son aide et tous ses bons conseils durant leur expédition.

— Sans vous, nous n'aurions jamais su quelles plantes cueillir, ni quelles éviter, ni comment si bien chasser.

— Et nous n'aurions jamais si bien mangé ! ajouta Galegantin en plaisantant à l'intention de Cormiac.

— Nous sommes quittes alors, jeune druide. Cette collaboration fut sans contredit parmi les plus intéressantes de ma vie, avoua Athanas en se frottant doucement l'œil, dont le nouvel iris brillait d'un vert émeraude plutôt que d'une teinte turquoise comme son autre œil.

Les autres membres de la troupe saluèrent eux aussi leurs nouveaux alliés, et Cormiac dut abandonner sa petite fée bleue au cœur brisé sur le quai, alors que le navire s'apprêtait à le quitter. Enfin, la magnifique dame Isalinass remit à Merlin le grand bouquet de lys blancs d'Is qu'on avait coupé et gardé pour lui. Le druide prit soin de les placer dans son sac fée, en remerciant une fois de plus le prince Revenne et la magnifique dame elfe de leur présent. Ce passage d'humains sur l'île ne manquerait pas d'alimenter les histoires à la cour d'Is la Blanche pendant longtemps.

L'équipage du navire ainsi que le chevalier franc Arno avaient été maintenus sains et saufs grâce aux soins habiles des elfes d'Is durant l'absence de la troupe bretonne. Ce n'est que longtemps après leur départ de l'île d'Argent qu'ils se réveillèrent du sommeil magique qui leur avait été imposé. Les elfes d'Is avaient demandé aux Bretons de ne pas révéler les secrets de l'île aux autres. Il fut décidé de ne parler que d'une île de brumes et de forêts pleines de mystères.

— Nous avons trouvé terre, jeune druide ? interrogea le capitaine.

— Oui, pour un temps, mais ne me demandez pas de vous raconter ce que nous y avons vu, vous ne me croiriez pas.

— Dites toujours, mon jeune ami.

Mais Merlin tourna le regard vers le large, sans répondre. Le capitaine resta là un long moment dans l'espoir d'une explication, mais comprenant qu'il n'en aurait pas, il se retira enfin. Après tout, un simple capitaine de navire ne pouvait exiger un éclaircissement de la part d'un ovate druide. D'ailleurs, Merlin ne révélait jamais ce qu'il ne souhaitait pas partager, tout comme il refusait de divulguer ses secrets druidiques. Fait surprenant pour le capitaine, cependant : ni le chevalier, ni son écuyer, ni même les compagnons de l'étrange troupe bretonne ne soufflèrent mot de leur passage sur la prétendue île légendaire. Sans aucun doute s'agissait-il là d'un ordre de leur chef et aucun d'entre eux ne désirait transgresser l'interdit et subir le châtiment d'un druide en colère !

Après un jour en mer, le navire parvenait déjà à Darioritum.

Sept jours seulement s'étaient écoulés depuis leur départ de la ville portuaire. Pas une seule des journées passées sur l'île d'Argent n'avait changé le cours du temps dans le monde mortel : les jours s'étaient égrenés comme s'il s'était agi de quelques heures… Merlin n'y comprenait rien. C'était tout le contraire du val du Lac, où chaque heure passée était comme un jour dans le monde normal.

— Chaque jour dans l'île d'Argent ne correspondrait qu'à une heure dans notre monde ? s'interrogea à haute voix Merlin dans une conversation discrète avec Galegantin.

— Bien étrange, je te l'accorde, tenta de réconforter le colosse, lui-même bien confus de la chose.

Merlin dédommagea le capitaine vénète pour le voyage en mer, puis les compagnons s'embarquèrent sur le navire franc qui avait attendu leur retour. Ce nouveau bateau partit presque aussitôt pour profiter de la marée favorable. C'est durant ce voyage que Merlin invita son compagnon magique, la petite entité de flamme, à retourner auprès des siens.

— Nous ne rencontrerons plus de träulls en ces contrées, mon ami. Je crois que votre aide ne nous est plus nécessaire pour l'heure.

— N'hésitez pas à m'appeler dans le cas contraire, jeune druide, insista le «petit prince», comme l'appelait maintenant Merlin et les autres de la troupe, eux qui avaient tous passé quelques heures à lui réciter des poèmes, des histoires ou des chants. J'espère que nous nous reverrons bientôt.

— Je l'espère aussi, conclut Merlin.

Le voyage de retour prit quelques jours de plus que celui qui les avait conduits de Rotomagus à la cité de Darioritum, en raison des vents contraires. Merlin avait demandé au chevalier Arno à ce que son capitaine fasse accoster le vaisseau dans la cité romaine, car il avait pris la décision de laisser une partie de sa troupe en lieu sûr; seuls Galegantin, Bredon et lui continueraient le voyage.

— Tu t'occuperas bien de la troupe, Cormiac? demanda-t-il à son sergent en le saluant.

— Ne crains rien, l'assura-t-il, ayant pris de la confiance en lui et de la maturité ces derniers temps.

Toutefois, afin que tout se passe pour le mieux, Merlin laissa ses compagnons sous la protection du seigneur Antor durant son séjour dans la capitale du comte Paul. Dans une contrée étrangère, il était prudent et judicieux de confier la protection de ses acolytes à un homme puissant et digne de confiance.

Chose certaine, Syphelle devait rester ici, ne pouvant certainement pas retourner à la cour du roi Childéric, compte tenu de son évasion récente de cet endroit.

Merlin et ses deux compagnons, accompagnés de leur discrète escorte, le chevalier Arno, reprirent la mer dès que possible. Ils naviguèrent encore un jour pour atteindre la cité de Gesoriacum, de sorte qu'ils regagnaient les terres du roi franc Childéric moins de trois semaines après leur départ.

Le roi attendait avec impatience le retour imminent des voyageurs bretons et il s'était déplacé avec sa cour à la cité de Gesoriacum, voulant s'assurer lui-même de la sécurité de ce que transportait le jeune seigneur. Il désirait aussi éviter que l'incident saxon qui s'était déroulé lors du premier passage du groupe à proximité de la cité portuaire ne se reproduise. Par mesure de sécurité, Childéric avait fait déployer ses hommes armés dans les alentours, et tous ceux qui ressemblaient à des Saxons étaient questionnés, enfermés ou invités à quitter les lieux.

Le roi fut étonné du retour rapide du jeune seigneur de Cerloise. Et cette fois-ci, il ne revenait pas seul, mais avec le célèbre chevalier Galegantin, dont les chansons sur ses faits d'armes le dépeignaient comme étant plus gros encore qu'un ours.

Dès leur arrivée, des hommes vinrent informer le chevalier Arno que le roi les attendait. Merlin avait une fois de plus joué la carte de la magie. Dans l'intimité d'un moment seul avec ses compagnons et leur monture, il avait nettoyé toute trace de saleté et de poussière sur leurs équipements. Les trois Bretons se présentèrent donc beaux et étincelants à la cour du roi

Childéric, Galegantin paraissant particulièrement brillant sur sa superbe monture offerte par le seigneur Antor. Pour sa part, le pauvre et brave chevalier Arno affichait, lui, tous les signes d'un long voyage en mer : ses vêtements étaient puants et froissés par l'usure du temps, et sa monture n'avait plus fière allure.

Mais les choses n'allaient pas pour le mieux pour les Bretons ; cela, ils le comprirent tout de suite quand ils arrivèrent devant le monarque et qu'ils virent leur ami Marjean pieds et poings liés à quelques pas de lui.

20

Le roi des Francs n'avait pas une mine joyeuse quand les trois Bretons se montrèrent devant lui. Il se tenait fier, l'air belliqueux, entouré de bon nombre de ses guerriers et quelques-uns de ses conseillers.

— Vous avez du courage de vous présenter devant moi ! cracha-t-il en gage de salutations.

Galegantin plaça inconsciemment sa main sur la garde de sa longue épée. Bredon s'approcha doucement de lui et, quand son épaule toucha le bras du chevalier gallois, ce dernier le dévisagea. Mais l'écuyer resta calme, baissant doucement les yeux vers la main du chevalier sur son épée puis faisant le signe silencieux et presque imperceptible de « non » de la tête. Galegantin comprit le conseil amical et retira sa main de son arme. Le seigneur de Rocedon prit une longue respiration et, croisant à nouveau le regard de son écuyer, le remercia d'un subtil salut de la tête. Merlin, pendant ce temps, s'était placé devant le grand chevalier en espérant cacher le geste menaçant de son compagnon.

— Que la grâce vous soit rendue, roi Childéric. Je suis de retour en effet, comme promis… Et je ne suis pas seul, j'ai l'honneur de vous présenter le chevalier Galegantin de Rocedon.

Merlin fit ensuite un pas de côté pour ne pas obstruer la vue du roi.

— C'est donc lui, le célèbre chevalier Galegantin ? Ma foi, je l'imaginais aussi grand que sa lance !

La garde du roi laissa échapper quelques rires impolis. Mais Galegantin n'écoutait personne. Il observait plutôt son ancien écuyer Marjean en espérant déceler dans son regard un message, mais aussi pour le rassurer. Heureusement, Marjean était bien et en bonne santé, et, apparemment, nul mal ne lui avait été fait. Bien que le roi Childéric se montrait un peu agacé par l'inconduite du célèbre chevalier qui refusait de le regarder, il retourna son attention vers Merlin.

— Je vous vois les mains vides, jeune seigneur, votre dernière escapade ne vous a pas permis de trouver l'objet que vous convoitiez pour nous ?

— Oui, je l'ai trouvé, et il se trouve dans nos bagages. Mais puis-je d'abord demander la raison de ce traitement que vous réservez au chevalier Marjean ?

— Il a attaqué mes gardes et a aidé la fuite de la jeune femme Syphelle peu après votre départ.

— Ma brave Syphelle nous a rejoints à Rotomagus et nous a raconté les raisons de sa fuite. Peut-être que le chevalier Marjean n'a fait que son devoir… Je l'avais, après tout, chargé de la protection de Syphelle.

Sur ces mots, Merlin se tourna enfin vers son ami prisonnier pour voir si tout allait bien.

— Peu importe ! tonna le roi. Il a attaqué mes hommes et la femme est partie. Vous n'êtes pas sans connaître les conséquences d'un tel acte !

Merlin, Galegantin et Marjean le savaient trop bien. Le roi pouvait exiger ce qu'il voulait du seigneur de Cerloise… Même sa tête ! Le chevalier Galegantin parla enfin, après avoir adressé une salutation discrète mais tout de même acceptable à l'intention du roi.

— Je croyais le peuple franc juste et courageux, et voilà comment vous nous traitez ! Ne sommes-nous pas des peuples alliés, amis de Rome ?

Ces mots constituaient une véritable insulte et un défi. Le roi Childéric ne pouvait pas les laisser sans réponse :

— Je vous l'ai dit, votre chevalier a attaqué mes hommes !

— Le chevalier Marjean a-t-il tué, ou même blessé grièvement, ne serait-ce qu'un seul de vos hommes ?

— Non, mes hommes sont arrivés à bout de lui avant cela…

Galegantin se mit à rire doucement.

— Alors, s'il n'a pas tué aucun de vos hommes, c'est qu'il ne leur voulait aucun mal. Ce traitement disgracieux est inutile.

Galegantin s'approcha de Marjean, s'arrêta près de lui et continua.

— Il voulait simplement s'acquitter de son devoir et protéger sa compagne d'armes, conclut-il.

Le roi Childéric passa lentement au rouge. Visiblement, sa colère montait.

— Comment pouvez-vous affirmer une telle chose, chevalier! Pouvez-vous, comme on le prétend pour votre ami le seigneur de Cerloise, voir le passé? s'enquit-il.

Mais le chevalier Galegantin resta calme.

— Je vous assure que ces liens sont inutiles, répéta-t-il en pointant les mains de son ancien écuyaer. Le chevalier Marjean n'ira nulle part sans que lui soit donné son congé.

— Arrrggg! s'énerva le roi.

Childéric se leva et marcha d'un pas décidé vers le chevalier, comme s'il allait le frapper. Mais ce qui se passa par la suite, même Merlin n'aurait pas pu le prévoir: Durfer sortit de son fourreau à la vitesse de l'éclair, comme si l'épée avait sauté elle-même dans la main du colosse. D'un geste tout aussi vif, Galegantin la leva et l'abattit rapidement vers le bas, tranchant les liens qui enserraient les poignets du chevalier Marjean. Il lança ensuite son arme vers le captif qui l'attrapa au vol et qui sectionna en toute hâte les attaches de ses jambes. Pendant ce temps, le roi Childéric arrivait à portée du chevalier Galegantin. Le colosse posa soudain la main sur l'épée du souverain et s'en empara avant même que le roi ne puisse réagir. Childéric figea sur place, sa garde ne bougeant même pas pour lui venir en aide.

— Vous voulez savoir comment je sais qu'il voulait simplement protéger sa compagne, bon roi Childéric?

lui demanda Galegantin, placide. Parce que j'ai moi-même formé le chevalier Marjean. Il aurait pu aisément terrasser une bonne demi-douzaine de vos hommes avant de tomber lui-même, s'il l'avait voulu. D'ailleurs, il pourrait facilement − avec mon aide − abattre ici et maintenant cette demi-douzaine d'hommes, y compris leur chef.

Galegantin marqua une pose. Il n'avait pas levé l'épée du roi sur lui ; il se contentait simplement de l'avoir en main. Le chevalier Arno entra alors en action. Il s'approcha, paisible comme toujours, et se plaça entre son souverain et le colosse en armes.

— Messieurs… cela suffit. Rendez la lame du roi, je vous prie.

Galegantin mesura du regard le petit chevalier franc et adopta une posture moins menaçante. Puis il tourna l'épée franque du roi dans sa main et la rendit à Childéric, la poignée tendue vers lui. Le roi récupéra sans délai sa courte épée, tandis que le chevalier Marjean retournait Durfer au grand chevalier, qui la glissa aussitôt dans son fourreau. Le roi évalua l'attitude des deux chevaliers bretons. Confiant qu'ils ne lui voulaient aucun mal, il braqua son regard vers ses gardes. Aucun d'eux n'avait bougé pendant tout ce temps pour lui venir en aide, et cela le rendait furieux !

— Que faites-vous là, plantés comme des oignons, bande de grands dadais ? rugit-il.

Il remarqua ensuite que le seigneur de Cerloise semblait curieusement concentré dans un effort mystérieux. Les yeux grand ouverts, Merlin fixait le roi.

— Ne leur en tenez pas rigueur, bon roi Childéric, car ils ne peuvent rien faire : je les tiens liés par ma seule volonté…

Bredon s'était approché de son maître pour en assurer la défense en cas d'attaque. En voyant la situation se corser, Merlin était en effet entré en concentration. Il avait imposé son esprit sur celui des gardes et des autres conseillers aux esprits faibles de la cour du roi. Ainsi, il les avait gardés figés sur place, immobiles. Seuls le chevalier Arno et deux autres hommes du conseil du roi avaient résisté à l'influence du druide. Alors que le premier avait agi courageusement, les deux autres avaient préféré ne pas intervenir. Lorsque Merlin abandonna le contrôle qu'il avait sur ses victimes, chacun retrouva la maîtrise de ses actions. Alors qu'ils allaient enfin se lancer à l'aide de leur roi, ce dernier ordonna :

— Laissez, sombres idiots ! Laissez-nous tous. Je n'ai rien à craindre de nos visiteurs.

En effet, s'ils l'avaient voulu, les quatre Bretons auraient pu faire un massacre à la cour du roi des Francs, ce que le souverain comprenait très bien maintenant. Seul le chevalier Arno reçut l'ordre de rester auprès de Childéric, qui toisa longuement le druide et le chevalier.

Merlin s'expliqua ensuite avec le souverain, lui demandant enfin de le laisser aller chercher les fleurs enchantées qu'il avait ramenées pour lui. Quand il sollicita la permission de revenir devant le souverain, Merlin tenait dans ses mains les magnifiques lys blancs d'Is qu'il avait récupérés de son sac de velours fée. Childéric fut émerveillé par la beauté des fleurs qui correspondaient en tout point au symbole ancien de sa fière lignée franque.

Merlin lui demanda alors son congé pour la nuit afin de préparer l'enchantement que le roi lui avait demandé.

Le jeune druide s'isola dans une grande tente et y passa quelques heures en transe préparatoire, puis il commença à rassembler un à un les différentes composantes qui allaient devenir l'objet de pouvoir qu'il avait promis au roi. Il commença par la terre des quatre coins du territoire des Francs, y ajouta l'eau rapportée de ses grands fleuves, ainsi qu'un petit triangle bleu royal avec de petits lys brodés en fil d'or, tiré du pavillon militaire de Childéric. Ensuite, Merlin incorpora les magnifiques lys blancs d'Is, en prenant bien soin de garder l'un d'eux pour lui-même.

Merlin passa à la phase complexe du rassemblement des éléments, laquelle représentait l'essence même du travail de l'enchanteur qu'il était devenu. Il œuvra ainsi dans une profonde concentration qui dura plusieurs heures. Quand il quitta enfin son état de transe, il se sentit épuisé. Il constata tout de même le produit final de son travail, soit la forme stylisée d'une fleur de lys dorée, de la taille d'une main de femme environ.

Il s'étendit à même le sol pour se reposer un peu.

Le lendemain, Merlin se réveilla dès l'aube. C'est alors qu'il remarqua une petite urne remplie de terre qu'il avait oubliée d'incorporer à son enchantement. En soulevant l'urne, il nota une marque écrite en latin : *Armorica*, la Petite Bretagne. Le roi avait-il tenté de se jouer de lui et, secrètement, mettre la terre de son pays d'enfance dans les projets de conquête que lui conférerait le nouvel objet de pouvoir? Merlin ne savait trop qu'en penser. Il se rappela soudain l'avertissement de Ninianne sur les intentions de Childéric; heureusement, le hasard avait bien fait les choses. Merlin vida le contenu de l'urne sur le sol, soulagé que cette terre n'avait pas fait partie du sortilège.

Il récupéra ensuite le joli petit symbole doré, fruit de son travail de la veille, l'astiqua et s'en alla rejoindre ses compagnons. Ceux-ci lui apprirent tout des déboires du chevalier Marjean durant leur voyage. À son tour, Merlin promit de tout raconter au nouveau chevalier de leurs propres aventures, Galegantin et son écuyer ayant, comme convenu, gardé le secret de ces péripéties jusqu'à ce que les compagnons repartent du royaume des Francs.

Peu après, Merlin demanda à ce que le roi soit informé de la réussite de son enchantement. Le druide attendait maintenant d'être admis de nouveau devant le souverain pour lui faire cadeau de l'objet. Le roi le fit quérir presque aussitôt, seul devant lui et sa cour.

Quand Merlin lui présenta le fruit de son travail, le roi sembla peu impressionné.

— Est-ce la forme d'une fleur de lys? demanda-t-il.

— C'est une sorte de grenouille… suggéra un de ses conseillers.

— On dirait plutôt la forme du fer d'un angon… commenta un de ses gardes, faisant ainsi allusion à la pointe caractéristique des fers de javelot utilisés par les tribus franques.

— Au moins, ça ressemble à une fleur de lys ! conclut enfin le roi, qui aimait cette nouvelle représentation à trois branches de la fleur favorite de son peuple. Vous pouvez m'affirmer que cet objet m'apportera les mêmes avantages que l'épée confère à votre oncle, jeune Ambrosium ?

— Pas les mêmes, noble roi, mais possiblement davantage… La maîtrise de vos terres et de vos fleuves, la puissance de votre distinguée famille et un symbole qui rassemblera tous les vôtres pendant mille ans, peut-être plus… Si vous n'abusez pas de cette puissance, elle vous aidera peut-être pour toujours.

Le roi sembla heureux de cela, mais il désirait maintenant aborder un autre sujet :

— Je dois malheureusement vous faire part de notre dernière décision, jeune Ambrosium, annonça-t-il en remettant la fleur de lys dorée à un de ses conseillers. Nous avons conclu que nous devions punir la rupture du scrment que vous m'avez fait, causée par la fuite de la femme Syphelle.

Merlin n'aimait pas ce qu'il entendait.

— Mais vous nous êtes trop précieux, surtout maintenant que vous avez rempli votre promesse de nous forger un objet de puissance, poursuivit le roi. Nous ne désirons pas non plus la guerre avec votre oncle. Voilà pourquoi nous ne pouvons prendre votre vie. Votre ami le chevalier Galegantin et son écuyer ne sont pas de cette querelle, car ils n'étaient pas ici lors de la violation de votre serment. Il a donc été décidé qu'en tant qu'otage et gage de votre foi, le chevalier Marjean devra répondre de sa vie. À moins, bien sûr, que la femme Syphelle ne vienne elle-même payer le prix de sa fuite.

— Vous m'aviez offert de vous demander ce que je voulais, si je vous donnais l'objet de pouvoir promis.

— Pas cela, Merlinus Ambrosium.

Merlin se mordit la lèvre.

— Si nous n'agissons pas ainsi, nous serons la risée de tout le monde civilisé. Mais ne vous en faites pas, le chevalier Marjean ne souffrira pas. Il aura, par bonne mesure, la tête coupée d'un seul coup.

Merlin fut conduit devant ses compagnons qui, entre-temps, avaient eux-mêmes appris la triste nouvelle.

— On pourrait s'échapper… proposa Bredon.

Mais les autres n'approuvaient pas cela. Il s'agissait d'une question d'honneur, après tout. Et Marjean refusait que Syphelle ait à répondre de son geste tout à fait défendable :

— On ne peut lui demander de se soumettre, trancha-t-il. Elle ne comprenait pas les conséquences de ses actions et, après tout, elle avait peur d'être brûlée comme une sorcière. D'ailleurs, si elle revient, quel sort lui réservera-t-on, elle qui n'est même pas de bonne naissance ?

Chacun imaginait le pire, en commençant par les exactions du cruel roi Childéric.

— Je mettrai ma tête sur le billot! décida Marjean, inflexible.

Galegantin n'avait pas de mots à ajouter. Il se contenta de placer une main sur l'épaule de son ami, fier de son honneur et de son sacrifice. C'est alors que Merlin eut une idée.

— Il existe peut-être une autre solution...

Il sortit plusieurs éléments de son laboratoire de campagne et commença à mélanger des ingrédients. Heureusement, il lui restait encore une potion de guérison : cela servirait de base à son nouveau mélange. Le druide y incorpora d'autres herbes cueillies durant son voyage sur l'île d'Argent et une pleine fiole du sang vert luminescent de träull... Il lia enfin les éléments à l'aide de sa magie et offrit la potion à Marjean.

— Prends ce breuvage

— Qu'est-ce que c'est? interrogea Marjean.

— Cela atténuera la douleur et préservera ton corps pour le voyage.

En réponse à la question muette des autres compagnons, Merlin expliqua :

— Nous ramenerons ton corps inerte avec nous en Bretagne.

L'après-midi même, le chevalier Marjean fut conduit à l'échafaud. Le condamné retira sa cape enchantée et la remit à Bredon. Puis il s'avança calmement vers son bourreau. Le chevalier Arno avait demandé à servir d'exécuteur pour s'assurer que la chose soit bien faite. Un prêtre prédicateur de la cour franque offrit à Marjean de l'accompagner dans ses prières, après quoi le chevalier déclara simplement à ses compagnons résignés :

— N'ayez pas de peine, mes amis. J'ai servi Dieu et mon seigneur sur terre. À présent, je m'en vais dans un monde meilleur. Rapportez mes bons sentiments à Anise et dites-lui que je suis mort bravement...

Le bourreau Arno fit honneur à sa charge et, sans attendre, trancha proprement la tête du chevalier breton. Le coup précis de son épée moyennement longue mit vite fin à la vie du compagnon, qui mourut sans souffrances apparentes. Merlin pria alors le roi Childéric de lui accorder sa demande, comme promis, en récompense du service qu'il lui avait rendu : il voulait récupérer les biens et le corps de son ami pour les ramener en Bretagne. Le roi accepta.

Le cœur gros, Bredon ramassa la tête du chevalier Marjean et l'empaqueta avec soin dans sa cape, tandis que Galegantin s'occupa d'envelopper le corps du défunt chevalier d'un drap offert par les dames de la cour pour le transporter. On remit tous les biens et la belle monture de Marjean à ses amis, et le roi leur accorda finalement congé.

— Vous nous avez bien servi, Bretons, hormis ce regrettable incident... Sachez que, à présent, l'honneur est rétabli. Vous pouvez maintenant partir et même revenir auprès de nous un jour. En amis ou en ennemis, cela dépendra de ceci...

Et il désigna à tous le nouvel objet de pouvoir dont il disposait et qu'il avait fait monter au sommet de son étendard : une magnifique petite fleur de lys en or.

21

Merlin et ses deux complices n'eurent aucune difficulté à quitter Gesoriacum. De nombreux navires de
commerce, de passage dans les environs de la grande
cité sous contrôle des Francs, voguaient vers l'est. Ils
fuyaient les ports saxons et francs plus au nord, alors
que les deux nations hostiles l'une à l'autre étaient sur
le point de recommencer la guerre. En effet, le roi
Childéric, désireux de mettre à l'épreuve le nouvel
objet de pouvoir en sa possession, appelait ses guerriers
à se rassembler pour une campagne contre ses voisins
saxons au nord et wisigoths au sud. Les efforts de
Merlin au bénéfice du comte Paul avaient réussi à
galvaniser l'agressivité des guerriers francs au point de
la diriger vers un véritable ennemi plutôt que vers leurs
alliés d'antan, les Romains de Gaule et, du même coup,
vers un des ennemis naturels des Bretons : les nations
saxonnes. Toutefois, une autre chose restait prioritaire
aux yeux du jeune druide.

Dès leur embarquement et leur départ vers la capitale
du comte Paul, les trois Bretons apportèrent les restes
du corps de leur ami en lieu sûr, loin des regards, dans
un coin discret du navire. Merlin dit alors au grand
chevalier :

— Découvre le corps de Marjean, je te prie.

Tandis qu'à Bredon il demandait :

— Donne-moi sa tête.

Les deux hommes étaient maintenant habitués aux étranges exigences de leur ami et ils s'exécutèrent sans le questionner. Merlin découvrit délicatement la tête de Marjean, examinant pendant un moment les traits paisibles du visage du défunt chevalier. C'était là l'assurance concrète de sa fin sereine. Il replaça avec soin la tête de Marjean sur le cou tranché à l'extrémité de son corps.

— Tu ne trouves pas étrange qu'il y ait si peu de sang, Merlin ? l'interrogea Galegantin. D'habitude, il y a plus de sang…

— Maintenant que tu me le fais remarquer, je vois ce que tu veux dire, ajouta l'écuyer Bredon sur le ton convivial de leurs échanges intimes.

— Taisez-vous un moment et observez, leur somma étrangement Merlin, qui était absorbé par quelque chose qui échappait complètement aux deux autres.

Marjean, Galegantin et Bredon avaient pris au pied de la lettre les paroles de Merlin, ayant compris que l'étrange mixture avalée par le chevalier avant sa mort allait « préserver son corps pour le voyage ». Mais le jeune druide avait eu d'autres intentions en lui administrant la potion… des intentions presque sacri-lèges.

— Tu as vu ça ? cria soudainement Bredon, énervé, se signant contre le mal. La tête se rattache au corps !

— Qu'est-ce que cette diablerie, Merlin! calomnia Galegantin. Malheureux, qu'as-tu fais encore!

Lentement d'abord, puis de plus en plus vite, la blessure du mort se referma, à la suite de quoi son teint changea. En moins de temps qu'il n'en faut pour brider et seller un cheval, le cadavre se mit à respirer.

— Voyez-vous ça! lança Merlin.

Le revenant s'étouffa, sans nul doute à cause de quelques restes de sang dans ses conduits respiratoires. Ce pénible effort réveilla finalement le chevalier. Après avoir maîtrisé quelques convulsions, Marjean s'assit et tourna le regard vers ses amis.

— Que s'est-il passé? Je ne me souviens que de…

Et il porta une main à sa gorge pour constater que tout était en place.

— Ne m'a-t-on pas tranché le cou?

— Oui, Marjean… si c'est bien toi qui es dans ce corps… osa Galegantin, méfiant. Car notre ami Merlin se prend pour Jésus maintenant, et il redonne vie aux morts!

— N'importe quoi! rétorqua le druide. Ne crois-tu pas que ce soit Dieu qui me donne les connaissances et le pouvoir de préserver la vie de notre ami? Ce n'est pas la première fois que je guéris l'un des nôtres.

— Ce n'est pas la même chose. Marjean était mort!… Sa tête était séparée de son corps. Est-ce que tes diableries respectent la vie?

— Justement! Mes interventions préservent la vie.

— Arrêtez! cria le principal intéressé. Vous me donnez mal à la tête.

Puis, après une pause:

— Qu'est-ce qui s'est passé, au juste?

Merlin raconta au revenant les événements qui avaient suivi son exécution et lui expliqua comment les étranges effets de sa mixture avaient permis de préserver son corps et sa vie.

— Comment te sens-tu, Marjean? s'informa son guérisseur.

— Bien… à part ce foutu mal de tête.

— Peut-être à cause de la chute brutale de ta tête sur le sol, avança Bredon en guise d'explication.

Mais Galegantin n'était pas satisfait, boudant toujours l'exploit. Après un moment, il décida de mettre son confrère à l'épreuve en lui posant quelques questions sur Dieu et les mystères chrétiens. Il l'invita ensuite à l'accompagner dans une prière de miséricorde. Enfin satisfait que nul diable ne puisse réciter ainsi les saintes paroles de Dieu, le grand chevalier accepta l'idée que le revenant était bel et bien son ami d'avant. Il jeta alors un regard sévère à Merlin en l'avertissant:

— Rien de ceci ne doit jamais se savoir. Jurez-moi tous de garder le silence sur les événements qui se sont déroulés à la cour du roi Childéric. Nous dirons aux autres que nous en sommes venus à un arrangement et qu'il nous a été permis de quitter le pays après que Merlin eut remis le symbole magique au roi des Francs.

Un moment d'hésitation s'empara du groupe, puis chacun prêta serment à cet effet… Merlin le dernier. Comment allait-il garder le secret de cet étonnant phénomène auprès de son maître Teliavres ?

Le navire arriva enfin à la capitale du comte Paul. Afin de remercier Merlin de la guerre qu'il lui avait évitée avec les Francs, Paul offrit de lui prêter mille hommes d'armes et une partie de sa flotte pour venir en aide au roi Uther de Bretagne contre ses ennemis saxons. Le seigneur Gonstan était lui-même en route vers le camp d'Uther, avec une partie de l'ancienne armée d'Aurèle Ambrosium de la Petite Bretagne qu'il commandait encore. Le comte Paul avait par ailleurs un message pour Merlin :

— Le seigneur Gonstan m'a demandé de vous informer qu'il ne pouvait plus attendre votre aval et qu'il espère que vous ne lui reprocherez pas cette cavalière initiative.

Merlin n'en était aucunement offusqué. Il comprenait que la guerre étant écartée en Petite Bretagne ainsi que dans le Royaume des Romains des Gaule, les troupes seraient plus utiles contre les envahisseurs de l'île bretonne. Le jeune seigneur salua la généreuse aide du comte Paul ainsi que la gentillesse encore redoublée du seigneur Antor envers ses amis. Il s'embarqua ensuite avec sa troupe réunie et toute la flotte alliée en direction de la grande île de Bretagne.

Après une traversée presque sans incident, une première portion de l'armée arriva sur les côtes de Bretagne et y débarqua. Merlin, ses hommes et les commandants des forces romaines du comte Paul rejoignirent les quelque huit cents Bretons et Armoricains commandés par le seigneur Gonstan. Le Haut-Roi Uther lui-même vint à leur rencontre en apprenant que Merlin se trouvait parmi eux. Puisque plusieurs de ses barons et chefs de guerre supposément alliés l'avaient abandonné au sort des Saxons rebelles du nord et de l'est de l'île, cette aide inespérée arrivait à point nommé. Sa joie fut telle qu'elle lui fit oublier momentanément la colère qu'il éprouvait à l'égard de son neveu d'avoir désobéi à son ordre, soit celui de se charger lui-même de la sécurité de son jeune fils.

— J'ai été très déçu d'apprendre que tu t'étais plutôt embarqué avec tes hommes pour le continent, Merlinus.

— Je suis parti certes, mon oncle, mais je me suis d'abord assuré que rien ne pourrait arriver à mon cousin. J'ai demandé à un ami de se rendre auprès d'Artos à ma place…

— Qui donc est cet homme à qui je peux faire confiance autant qu'à toi ?

— Vous le connaissez, mon oncle. Il s'agit de nul autre que le maître druide de Cerloise, le druide Teliavres.

À ces mots, Uther comprit tout. En tant que Haut-Roi de presque toute la Bretagne, il connaissait lui aussi le grand secret de l'identité réelle du druide que Merlin venait de nommer. En effet le Grand Druide de toute la Bretagne avait droit à toute la confiance du roi Uther !

Dès le lendemain, les troupes alliées du Haut-Roi firent campagne contre leurs ennemis saxons au nord et à l'est. Quant aux seigneurs bretons ennemis d'Uther, ils restaient terrés dans leurs domaines, de peur que leur rival ne profite de sa puissance actuelle pour les écraser. Mais, le roi, écoutant les bons conseils de son neveu Merlin, décida de faire preuve de clémence et invita ses adversaires d'hier à fêter avec lui sa victoire sans équivoque contre leurs ennemis saxons. Ces derniers étaient complètement isolés et déçus de ne pas avoir reçu les renforts demandés à la mère patrie, la Saxe, elle-même privée cette année d'une bonne part de sa grande flotte et fort occupée par des combats contre les Francs. La prospérité était donc assurée cette année en Bretagne et la bonne humeur envahissait tous les esprits.

Au milieu des réjouissances, seul Merlin paraissait préoccupé…

22

De sombres rêves occupaient à nouveau toutes les nuits de Merlin et, avec eux, la fatigue reprenait son emprise sur lui. Le séjour dans l'île d'Argent avait été pour Merlin une détente merveilleuse. Non seulement s'y était-il reposé, car il n'y avait pas eu de mauvais songes, mais l'usage même de ses pouvoirs magiques y avait été plus facile et léger. Toutefois, depuis son retour dans le monde normal, les assauts de la nuit avaient sur lui de plus en plus d'effets indésirables. À présent, il voyait sans cesse le visage du prince Ymir qui murmurait les mêmes mots qu'il avait entendus de la bouche de Malteus lors de cauchemars précédents, des mots qu'il comprenait enfin : « … mmrys… Emrys… EMRYS ! » Ce nom lui était familier, car quelques-unes de ses connaissances le portaient : le seigneur du castel Orofaises, notamment. Et un autre nom encore : « ARTOS ». Entendre le terrible géant bleu prononcer ce mot l'inquiétait plus que tout…

Les guerres en Bretagne étant terminées, Merlin se rendit à l'aide de la magie dans la cité de Cerloise pour y retrouver le fidèle Sybran le Rouge. Ses amis, pour leur part, utilisèrent les routes terrestres pour regagner le domaine de leur maître, sauf pour Galegantin qui rentra à Rocedon.

À Cerloise, Sybran partagea de mauvaises nouvelles avec le jeune seigneur. L'armée du Nord avait fondu comme neige au soleil et le fourbe commandant Paulinus Martinus s'était enfui avec les sommes d'argent destinées aux armées. Des puissantes cohortes nordiques de feu son père, il ne subsistait que celles qui étaient restées en raison de leur famille établie dans le pays. Ce n'était pas par attachement au nouveau seigneur de Cerloise, qui était presque toujours absent, selon les dires des habitants... La propagande de Paulinus Martinus avait fait son œuvre, car la popularité de Merlin en avait pris un solide coup. Si ce n'avait été de la victoire cette année des armées du Haut-Roi, dont on attribuait une bonne partie du succès au jeune druide, ainsi que du travail incessant du valeureux Sybran, lui-même fils du « pays du mur », la population aurait réservé un mauvais accueil à leur seigneur.

L'arrivée, quelques jours plus tard, de Marjean, le nouveau chevalier protecteur de Cerloise, avait aussi joué en faveur de Merlin. Le chevalier, déjà célèbre, s'était couvert de gloire durant les batailles contre les Saxons. On lui attribua rapidement le surnom de « chevalier vert » en raison de l'étrange teinte que prenait sa peau au soleil et de la couleur de sa magnifique cape. La présence du chevalier vert à Cerloise calma donc, pour le moment, l'esprit de révolte qu'avait instauré le commandant romain Martinus Paulinus avant de fuir. Grâce à la popularité de Marjean, la belliqueuse tribu d'Alt Clut, les « Stratclyde » de Dumbarton, au-delà du mur d'Hadrien au nord, envoya même une délégation de collaborateurs en cas d'attaques des Pictes ou de guerriers d'Hibernie. Décidément, Merlin avait une fois de plus choisi juste en s'offrant l'assistance du nouveau chevalier. En lui, comme en Sybran d'ailleurs, Merlin avait une totale confiance.

Le druide puisa à même les restes de sa part du butin pris à la reine Mahagann et remit une bonne somme d'argent à Sybran pour qu'il assure le paiement des soldes dus aux militaires restés fidèles à lui. Mais pour l'instant, Merlin ne pouvait se soucier de sa réputation à Cerloise, et encore moins s'attarder aux secrets des cadeaux fées demeurés inconnus des autres membres de sa troupe. Le jeune druide devait s'occuper d'autre chose de bien plus important...

Merlin était conscient que l'absence de Teliavres avait contribué à la débandade des troupes au nord, et que c'était là une conséquence directe de sa décision d'avoir confié au Grand Druide de Bretagne la sécurité du jeune porteur de l'espoir de la nation bretonne, le prince Artos. Il devait maintenant retourner auprès de son jeune cousin et libérer de sa charge son bienfaisant mentor pour qu'il puisse lui aussi assumer de nouveau ses fonctions à Cerloise. Ainsi, pas plus de deux semaines après son arrivée, quelques jours seulement après celle de ses compagnons à Cerloise, Merlin repartait, sous la forme du faucon, vers la forteresse imprenable de Tintagel, en Cornouailles. Lorsqu'il arriva, son oncle Uther s'y trouvait déjà, sans doute pour vérifier lui-même que Teliavres y était, comme l'avait prétendu Merlin.

Le roi lui fit bon accueil et lui présenta un nouveau venu à la cour de Tintagel, le druide Massinyn. Mais Merlin reconnut aussitôt en lui l'aura particulièrement puissante du Grand Druide Teliavres. Il semblait que

Teliavres, métamorphosé, avait bien manigancé afin d'écarter toute suspicion sur les raisons réelles de sa présence dans la forteresse...

— Pourquoi es-tu venu à Tintagel, mon neveu ? lui demanda Uther.

— Je crains devoir vous faire une triste requête, mon oncle... Je suis ici pour que vous honoriez la promesse que vous m'avez faite il y a de cela presque deux ans... Je suis venu chercher l'enfant.

Pire nouvelle n'aurait pas pu parvenir aux oreilles du Haut-Roi. Sa réponse fut catégorique :

— Jamais !

À peu près au même moment, la dame Ygerne se présenta avec l'enfant pour accueillir le neveu du roi qu'on avait annoncé dans tout le château. Lorsqu'elle entra, un silence lourd s'empara de la pièce.

— Que se passe-t-il donc ici, mon époux ? s'enquit la reine.

Merlin lui répondit :

— Je suis venu chercher votre fils...

— Quoi ? Pourquoi ?

— Il n'est plus en sécurité ici. Mes amis et moi-même avons de lourdes tâches à accomplir et nous ne pouvons rester ici à garder l'enfant. Il sera plus en sécurité si je l'emmène dans un lieu connu de moi seul.

Merlin voulait ainsi informer le Grand Druide, qui assistait à la scène, de la décision que ses méditations lui avaient permis de prendre.

— Est-ce vraiment nécessaire? intervint l'énigmatique Massinyn.

— Absolument! affirma aussitôt Merlin, expliquant ainsi à Teliavres qu'il avait jeté un regard vers l'avenir.

— Non! Je refuse... s'obstina Uther.

— Vous m'aviez fait la promesse solennelle de me remettre l'enfant après sa première année de vie, mon oncle. Refuseriez-vous maintenant, devant nous tous ici présents, de respecter cet engagement?

Le roi dévisagea son neveu avec colère, puis, jetant un discret coup d'œil au druide Massinyn, il se prit la tête à deux mains, en proie à une grande de détresse.

— De quelle promesse, Uther, parle votre neveu Merlinus? s'inquiéta Ygerne.

Le roi s'impatienta:

— Silence, femme!

Puis il se leva et se rendit auprès d'elle pour l'enlacer, ainsi que leur enfant, dans un geste protecteur. Soudain, il arracha l'enfant des bras de sa mère, qui hurla de désespoir, et retourna auprès de Merlin pour le lui remettre. Mais avant de lui confier son fils en pleurs, le roi fixa son neveu dans les yeux et lui demanda:

— Si je te remets l'enfant, vivra-t-il...?

Merlin se mesura au regard intense de son oncle et, pour la première fois, le Haut-Roi vit chez le jeune druide les signes éprouvants de l'énorme fatigue qui semblait l'étreindre. Merlin articula alors calmement et avec assurance :

— Il sera roi !

Il prit ensuite l'enfant des bras d'Uther, tandis que ce dernier barrait l'assaut désespéré d'Ygerne, déterminée à récupérer son fils.

— Partez ! cria le Haut-Roi. Partez tous les deux !

Merlin tourna les talons et jeta un dernier regard sur ces lieux témoins de tant de souvenirs, avant de traverser les sombres corridors qui menaient à la sortie du château. Dorénavant, il le savait, il ne serait plus le bienvenu à Tintagel.

Avant d'atteindre la sortie de la forteresse, Merlin entendit faiblement les pas du druide Massinyn derrière lui, malgré les gémissements douloureux du bambin. Lorsqu'il se retourna vers le druide, celui-ci avait repris son apparence habituelle de Teliavres. Le maître druide ne chercha pas à conseiller son jeune élève ni même à lui faire changer d'idée. Il sortit simplement un objet caché sous ses longs vêtements pour le lui offrir.

— Tu auras besoin de ceci...

Dans la pénombre des couloirs de pierre de la forteresse de Tintagel, Merlin vit d'abord apparaître sur les murs et le plancher les reflets bleus d'un objet familier. Là, devant lui, le Grand Druide de Bretagne lui faisait hommage en lui remettant, sans qu'il ne l'ait demandé, l'ouïg, la fabuleuse sphère magique de transport. Et il n'était pas trop tôt, car, déjà, les cris de colère d'Uther résonnaient à travers les murs de la forteresse. Vraisemblablement, le Haut-Roi était revenu sur sa décision...

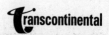